何一峰武侠小说

何一峰武侠小说

小侠诛仇记

何一峰 著

中国文史出版社

目　录

第一回

送人头英雄救孝子
比剑法小侠会名姝

月朦朦，星闪闪。钟初鸣，更五点。

霜落空山，寒生幽涧。隔林木叶萧疏，小桥水声呜咽。

这桥西有三间麻石砌墙茅盖瓦的屋子，屋门虚掩，隐隐约约从里面露出一线的灯光来。门外有座长方式的土坪，土坪靠涧处，有一株大榆树，四围都绕着许多小榆树，虽被寒霜压得枝秃叶落，仍像那诸孙罗抱阿家翁的样子。

一少年披了件英雄氅，脚下踏着双绾芒鞋，手里握着一支风飕飕、寒闪闪的宝剑，在这样的寒夜里，穿过榆树，竟似风飘黄叶般，惊得树上的寒鸦都扇起翅膀来，在他的头顶上盘旋飞绕，喳喳地一阵叫了过去。那少年危立在石桥上，舞起手中的剑，青光闪动，那剑舞得像游龙相似，越舞越快，越快越多变化。剑光上贯注全身的气力，泼了碗口大的花。正在舞得兴高采烈的时候，忽听得有人佯咳一声，这声音好像由屋门外传来的，余音嘹亮，同铜罄一般地响。

少年急忙收剑入鞘，回到门前，见那两扇板门大开大放，房内的灯光被微风吹得闪烁无定。在门外东张西望，看不见什么人，纵上屋瓦，也没有看到人在哪里。少年仍转身跳下平地，走进门来，只管摇着头，心想：这贼来得稀奇，本地方有不端的人，无论我有没有听过这样响的咳声，他们该有些惧怕我，不敢在我跟前卖弄。外来的江洋大盗不知道我家名气的，如何肯到我们这种穷人家动手？

旋想旋走入自己的卧房，且看少些什么。看床上的被褥宛在，有二十两银子放在枕底下，也不曾移动。再看对面的房，仍然深锁得紧紧的。少年暗暗叫了声："作怪！"

忽然发觉房中木桌上面，却多了一个青布包裹。少年解着包裹，且看里面包些什么。谁知正应得古小说书上所谓不看犹可，这一看，不由吓得浑身直抖起来。

原来那布包里是颗须发交并而且血肉模糊的人头，人头旁边放着一纸名片，被红血沾染了。那人头的模样，酷肖他父亲的面目。最令他注意的，是人头顶梁门上有一处刀伤的旧痕。少年还想他的父亲本领大，不会死在人家手里，虽然顶梁上瘢痕宛在，但天下同相貌的人又何尝没有。心里转出个试验方法，咬破手指，将指上的鲜血点点滴滴洒在人头上，看手指上的血浸在人头血肉模糊的地方，如油入面，不是他父亲的人头是谁呢？心里阵阵酸痛，忍不住放声号哭起来。再揭开名片，虽然名片血渍沾染，但看出那上面写着"山西狄龙骏"五个黑字。少年虽不知道狄龙骏是江湖上哪一派人，但认为这狄龙骏是他杀父的仇人，狄龙骏居然将他父亲刺杀了，把人头送到这里来，佯咳一声，便去得毫无踪影，连瓦上地上的浓霜都看不出些许足迹。他父亲平时的仇人当中，就有狄龙骏这般胆量，也没有这般本领。

少年号哭到天明时候，便想：杀父的仇人既是山西狄龙骏，这仇人的线索便已有了着落，纵由今天哭到明天，便由明天哭到后天，就哭上三年六个月，依旧报不了父亲的大仇。要报我父亲的大仇，就非得到我方仁伯那里，凭我这点儿本领，虽不能独力手刃仇人，若得方仁伯出山援助，这样不共戴天的大仇，也许有报复的时候。我虽未同方仁伯会过面，听我父亲平时说，他原是太原方家村人氏，唤作神剑方继武，在北五省地方，很享着鼎鼎的大名。我这次到太原去，请方仁伯出山，方仁伯的胸襟、胆量，绝不致庇护同乡的恶霸，抹杀我父亲同盟的义气。但我父亲此番到四川阴平去看视我的妹子，出行五日，计程尚未出安徽境界，我父亲在本省绝没有能杀他的仇人，这仇人当然是山西狄龙骏。现在我的妹子并不知父亲死在仇人狄龙骏手里，我更不必到阴平去，将这样冤仇告诉我妹子，叫她心里伤痛。总因我妹子这时的本领尚及不上我，她师父又是个与物无争、与人无忤的人，我便到阴平去，激动我妹子的孝心，她的性格，我是知道的，决然到太原去寻仇人狄龙骏，凭她的本领，岂但不能手刃父仇，反因她同行露出马脚来，坏了报仇的事。

少年拿定了这个主意，将他父亲的人头，另用一包打起，佩在肩上，藏了宝剑，从枕底取出二十两银子，揣在怀里，反锁了门户。这时天光大亮，一轮红日照在土坪上，愁人眼里，反都觉引起无限的悲哀。

少年转过了几个山坳，暗暗曾叫了几句："父亲英灵不远！"

不防迎面来了个矮黑胖子，嬉天扑地，走到少年面前，说："天大的北黟山，今天只等你不着。柳兄跑向哪里去？快些快些，我家里到了个朋友，叫我请你去吃个三杯。"

这姓柳的少年，认得胖子是蚰蜒虫吴小乙，一生惯喜吃人白食。只要是他认识的人，他都有这本领把你带到家里，恭维你快活起来，包你情愿出钱，买菜打酒，请他的五脏神，开着聚餐大会，他才甘休。

姓柳的少年也曾被他骗过一次，不但出钱请他饮酒食肉，看他的家境极穷，侍奉他七十岁的老娘又极孝道，还送他十两银子，说他也算是个好汉。此番因报仇心急，哪有工夫同他厮缠，忙向他分说道："我今天实在有点儿事，改日再奉陪你。"说着，便从斜刺里跑去。

吴小乙早向前将他拉住，嚷道："柳星胆，你分明同我恼了，你到我家里吃酒，休说你不在乎几个酒钱，难道我这穷光蛋就请不起你？我家里实在到了个山西姓方的朋友，叫我来请你去谈心。我若对你撒谎，你就骂我混账。"

这少年柳星胆听说山西姓方的客人在吴小乙家请他谈心，不禁愣了愣，心里阵阵酸痛起来，向四面望了望，拭泪问道："那姓方的是山西哪一府县的人，有多大的年纪，他怎么知道我？"

小乙道："他没有对我说是山西哪一府县的人，叫我怎样讲？不过他自己对我说，他的老子方继武和你家老太爷是很相好的朋友，他叫作方光燮，年纪比你差不多，脸蛋还比你漂亮些，真是粉装玉琢，掐都掐出水来。"

柳星胆听罢，暗忖：方继武便是我的方仁伯。据我父亲平时夸赞他的剑法，比阴平虎泉寺老尼慧远高强，膝下有一男一女，都已成年了，剑法也学得乃父的十分之六。难得这番方世兄到了黔山，我倒不可不先去会他。心里这样思量，口里却向小乙说道："你不要胡闹，要请我吃酒，好好地去，像这样拉扯着，成何模样？"

小乙笑了笑，把手松开了。两人走到一处山岩里，有两间小小茅屋，门窗都用柴管编排，一望知是个穷苦人家。

星胆刚同小乙走近门口，即听得小乙的娘叫了声光燮道："哪里没有好德的人，柳星胆不但看顾老身，还要心疼小乙，好个仗义疏财的少年。有柳海峰这样好父亲，才生出柳星胆这样好儿子来。"

柳星胆听到小乙娘的话，暗暗点头垂泪，顺手推开柴门，同小乙一齐走进。

小乙的娘精神很康健，没有些龙钟态度，她的声调太高，不像似有了年纪的人。正同那姓方的少年谈着话，忽见星胆同小乙来了，说："柳大哥来得好，要盼杀这位方君了，大家好相见则个。"

星胆同光燮行了礼，略说出倾慕的款曲，小乙的娘故意吩咐小乙忙着酒菜。

星胆同光燮是初相识，打量他言谈举止之间，实在不像个有本领人样子，开口显出很委婉的笑容，眉目间都表示出女孩儿一种妩媚的神采，不相信他是太原方仁伯的儿子，如何对他说出父亲冤仇的话？光燮也因星胆这种语对人眼不对人的神气，不肯卸下包袱，叫人看出包袱里东西十分重要，便向星胆问道："尊太爷这次出门，自然做得好买卖，老兄佩着这包的金银，要到什么地方去呢？"

星胆只得回道："家父虽在江湖上混，从没有取过不义之财，世兄如何说我佩着一包的金银呢？"

光燮道："不是金银，这包袱里的东西自然比金银还要贵重，世兄肯给我见识见识吗？"

星胆看他说这话的神气不对，撇开脚步便走。

小乙母子待要问星胆向哪里去，忽见方光燮使了个乌鸦展翅，也穿出门外。再看他们一个紧护着包袱，一个紧夺着包袱，先前还是扭结，以后各拔出身边的宝剑，显出性命相扑的样子。小乙的娘看这两支剑舞起来，只是两道光芒，盘旋飞绕，轻易分不出人剑。

忽然星胆觉得右肘弯里似乎被人击了一下作怪，星胆这被击得肘弯登时麻痛起来。就在这时候，手上的宝剑、背上的包袱，冷不防被方光燮夺劫去了。

星胆当初想不到这化名方光燮的竟有如此的剑法，更想不到小乙的娘居然有这本领，反帮助人家打他一把梅花针。先前是胳膊间麻痛得不能动弹，看着人家把包袱夺了去，走出山岩，半点儿摆布方法也没有。这番却麻痛得厉害了，右肘弯里上下地方，简直像有千百枚针在千百根毛孔里乱钻乱戳似的，伸不得，缩不得，上不得，下不得。又念父仇未报，竟遭了人家暗算，父亲的人头和宝剑都被人家夺去，受了这样重的伤，心里又是哀痛，又是气恼，这口气回转不来，便顿时倒在山岩下。

似乎听得小乙的娘高叫着小乙的名字道："快来快来，柳大哥已昏晕过去了。"

小乙便走到星胆身边，将他抱起，卸去他上身衣服。小乙的娘取了一大块磁石，在星胆右肘弯里摩荡着。原来磁石有吸铁的功效，梅花针是铁磨的，小乙的娘用磁石吸取那把梅花针，早见星胆醒转，不禁紧握着小乙娘的手，号啕痛哭起来，说："杀我是你，生我也是你，你须还我的包袱来。"

小乙的娘回道："你要明白，我打你这把梅花针，不是有意杀你的，你到山西去自会明白。你的包袱、宝剑自然有人送到山西，日后当还给你，将来有得你报复父仇的时候。"

星胆听完这话，转想她不像含有恶意似的，但她在黟山，我父子都不明白有她这个女中豪杰。揣拟她这话里意思，对于我父亲的大仇必然很详细，又不肯公然说出。她的行径越诡秘，本领越大得骇人，眼前放过她这种人物，不求她帮助我，报复我父亲的大仇，决意要到山西去请方仁伯，我就打错了算盘了。

想着，便向她叩头流泪道："小子肉眼，不识得你老人家是位活菩萨，要请活菩萨帮我的忙。"

小乙的娘不待他说完，正色回道："呆子，老身这时便可以帮你的忙，成全你的孝道，还用得着你开口吗？包袱幸被人家夺去，宝剑也不在你身边，你可以平安到山西去，不但将来能报复大仇，还可以娶得个老婆。你依着我的吩咐，不用厮缠，多说那些废话。"

星胆没奈何，只得拜辞小乙的娘。

小乙道："柳兄请吃杯酒再去。"

小乙的娘斥道："你这样一副快活心肝，要快活到怎样？吃酒不吃酒，什么要紧？你敢阻止柳大哥，叫你认得老娘手段。"

小乙听了，转咕哝着嘴站在旁边，一言不发。小乙的娘又吩咐星胆江湖上人应当注意的行径。

星胆踉跄走出山岩，耽延了百日工夫，才到山西太原府境界，寻访到方家村的地方。看方家的气派，华屋高楼，俨然是个大户人家，门前有座吊桥，围绕着满村的树木，大门关闭着。星胆用手在兽环上弹了几下，叫着开门，好半会儿工夫，不见有人答应，便转绕到后门口。那后门开放着，满园春色，尽入眼帘，远远有一个彩衣女郎，背面站在一株梅花树下。

星胆对景怆怀，轻步走进后门，忽然听得背后有

10

人低声喝道："这是什么所在，你这瞎了眼的东西，敢到这里窥人闺阁！我有本事，把你的牛黄狗宝掏出来。"

星胆回头看时，见是一个豪华公子，眉眼间露出惊人的神采，不比那些纨绔子弟，满脸私欲之气，浑身恶俗之骨。看他面上虽带些怒容，但神色并不严厉，只得定了定神说道："我是安徽黟山柳星胆，不远千里到府上来，因大门关着，绕到后门进来，并没存着窥探闺阁的心，公子不可错怪我。"

公子听了，才转换了笑容，远远向那梅花树下高叫了一声道："有贵客到此，贤妹急宜远避。"

那女郎耳朵里透入这两句话，早匆匆走入里面去了。

星胆也没问这女郎是不是方家的小姐，公子搀扶星胆的手，走到前厅。星胆曾向他请示一番，原来这公子才是方继武的儿子方光燮。

光燮请星胆坐下，不待他开口，抢先说道："世兄来了，家父还没知道，我进去禀报一声。"

星胆听了，深悔因报仇心急，糊糊涂涂地竟没有先提出向老伯大人请安的话。看光燮去不多时，即听得里面有脚步声响，见方光燮随着个老者，缓步走来。那老者慈眉善目，容光焕发，一部银针也似的胡须，飘然垂过脸颊，右手持着三尺长的紫竹竿旱烟筒，远远咳嗽一声。这声才了，早吓得柳星胆暗暗叫苦，眼中流下泪来。

毕竟后事如何，且待下回再续。

第二回

老侠客苦心谈往事
疯道士巧计骗黄金

话说柳星胆听老者咳嗽的声音如同铜磬一样的响，回想在石桥舞剑时，也听得有人佯咳一声，余音嘹亮，同他的咳声无二。我那时听得这样的咳声，回家看时，便发现我父亲的人头，我看那纸上名片写着"山西狄龙骏"五字，自然疑惑狄龙骏是杀父的仇人。我到山西请方继武出山，帮助我报复父仇，哪里明白我父亲的仇人，还是这老者方继武，寄下那纸名片，嫁祸狄龙骏的。仇人既是方继武，凭我的本领，同他鏖斗起来，真个豆腐进厨房——不是用刀的菜。我这一辈子，也不能有报仇的时候。

柳星胆想到这样关节，如何还禁得住伤心泪落，但仇人已到眼前了，就拼着一身剐，还顾得许多吗？转鼓起雄心，看方继武同光燮进门时候，早闪身出来，喝一声："冤家相见，不是你就是我了！"

"了"字还未落音，星胆已竖起拳头，在方继武头顶上狠命打了一下。星胆的拳功也很厉害，这一拳打下来，足有千斤的神力。谁知打在方继武的头顶上，就同触在铁桩上相似，才打了一下，拳头已痛得缩转回来，肿得揸不开五指，连手臂都不能动弹分毫，泪眼婆娑，仍握着碗口大的右拳，要来打人的姿势。

方继武的头顶上连红也不红。那边光燮已拔出剑来，显出气昂昂、雄赳赳的样子。

方继武即向光燮喝道："你这蠢材，不懂得人事，若杀害柳世兄的性命，叫我将来死在九泉，如何对得起他的父亲呢？"

光燮连声诺诺不迭。

方继武转现出春风满面的神气，向星胆慰问道："柳世兄，你伤坏了哪里吗？这种蠢材东西，真是见笑柳世兄。哎呀！世兄为什么流泪痛哭起来？同是自家人，你难道还看不见我的心吗？果然我杀了你父亲，覆巢之下，如何容有完卵？我要伤害你的性命，不论何地何时，你总不能逃脱我的掌握。我不是那样昏聩的人，你如何会糊涂到这样地步？你要明白，你父亲的仇人本领比我高强，我将你父亲的人头送到你家中来，用尽许多机智，你这时才得平安到了山西。你且回到厅上坐一歇，将息得伤势恢复，我再告诉你。"

星胆听他的话，方才恍悟过来，很抱歉地同方继武父子回到厅上。原来柳星胆所受伤势并不是被方继武伤害的。凡人拳头上有五百斤或千斤气力，打在对方人什么地方，如果对方人被他这一拳打伤了，这五百斤或一千斤气力就承受在对方受伤人身上；若这五百斤或千斤的气力打在对方人什么地方，那对方人是个劲敌，这气力既伤他不得，当然被逼得退了回来，打出去的力量若是一千斤，回过来的力量也是一千斤，如何能承受得起？所以我说星胆所受的伤，并不是方继武伤害他，换一句说，是他自己伤害自己的伤。这种伤势，并不需医治，即医治也无用，只停些时刻，待气力回转原处便好了。

柳星胆是内行中人，明白是自己的伤，毋庸请他方仁伯医治，说出好些外行话。

告坐已毕，星胆先将那时发现他父亲的人头所经过情形，及到山西请援的话向方继武略述一遍，道："小侄实不知是老仁伯将先父的头送给小侄的，现在我父亲仇人在什么地方，老仁伯肯帮助我报复父仇吗？"

方继武道："非是老夫不肯帮助你，实在老夫这点儿能耐，不是仇人的对手，便要给你手刃仇人，有什么用处？还好，你父亲的人头，我已着人夺来，宝剑也放在我这地方，你才得平安到山西来。如果你带着令尊的头，身边佩着你家传的青霜剑，便是招人谋害的幌子，你在一路上能保没有风险吗？无论不能遮蔽仇人的眼目，即使被官捕察觉了，对于报仇的事，亦有许多障碍，你明白吗？"

星胆像似仍现出不能明白的神气。

方继武道："我问你，你父亲的大名，在江湖上知道的很多，仇人将你父亲杀了，难道不到黟山去下你的手，斩草留根，将来好容你长成羽翼，替你父亲报仇吗？我盗得你父亲的人头，骗你离开黟山，不致一并惨杀在仇人手里。你另用一幅包袱，盛了你父亲的人头，身边又藏着那支青霜剑，都怕你步步生荆棘，处处有变化。什么小乙的娘，什么化名方光燮的少年，总是我们袖内的机关，你怎样猜得着？"

16

星胆道："然则老仁伯在那时候，盗了我父亲的人头，怕小侄再着了仇人的脚步，为什么不立将小侄带到山西，要用这许多机智，费许多周折，是干什么的？"

方继武道："你这话说得太轻易了。我盗得你父亲的人头，仇人虽不确定这人头是谁盗去，但一半也疑惑到我方继武身上。在两月前，仇人到大黢山寻不着你，也就疑惑你被我带到山西来，这是小乙的娘差人来告诉我的。幸亏我见机得早，仇人到山西来过一次，没有探访着你到我家中来，也就不疑惑是我干的事。那时候，我将你带到山西，用我神行法，必在两月前就到了，你看我们如何能逃脱仇人的手？"

星胆道："这仇人现在哪里，老仁伯可能告诉我？就因小侄到山西来，并不曾听人说这山西地方有狄龙骏这个人。"

方继武道："现在雍正年间，有名的人只算些酒囊饭袋，不是些酒囊饭袋，在这时代绝不会有名的。即如小乙的娘，也许是山林中怀抱绝技的女中豪杰，江湖上人一半知道你父亲同我两人是两个大拇指，有谁知道小乙的娘呢？你父亲的仇人在什么地方，老夫本当对你说来，但为你预谋将来报仇的计划，不说出来是要妥些。人头、宝剑仍放在一处地方，你不要查问，且到平遥绵山去，必然遇到那山上的异人，你能在那异人跟前学习他的本领，本领学成了功，便是你手刃父仇的时候。不过我吩咐你一句话，你得牢牢记着，你没有诚心学本领报仇则已，既诚心要学本领报仇，无论有什么劳苦，你要忍受。你的伤已好了，良言尽此，你可到绵山去吧。"

星胆还欲再问下去，方继武已起身拱手，退回内室去了。

光燮也显着笑容说道："兄弟冒昧，得罪老哥。家君生性伉爽，未闻对老哥略尽东道之谊，实含有不得已的苦衷，要望老哥原谅。"

星胆道："讲客气话，还算得自家人吗？但是这异人姓什么、叫什么，还得请老兄转达令尊大人，好来告诉我，不要到绵山找错了人。"

光燮道："家父叫老哥去，不会找不着的，那山上没有第二个人可做老哥师父，恕我不能转达。你我有缘再见。"说罢，即举手鞠躬，做出要送客的样子。

星胆心中好生纳闷。光燮遂将他送出村外，赠他二十两金子。星胆只得收了，匆忙间也没问在先化名方光燮的竟是谁人。一路到了绵山脚下，见高峰耸

18

翠，远岫流青，云影天光，阴晴万状，二千年前介之推的隐居故址，山中人已无复辨认。

在山上访问了数日，哪里访到什么异人呢？时常跑到高山巅上放声痛哭，却是点滴眼泪也没有。哭疲了或到寺院门外安息，或在树林里边歇足。他也不怕什么虫蛇怪魅，做了个布口袋，时常装些干粮在内，随便充饥。

这日，听说绵山来了个游方道士，时常到山村人家去化缘。有人问他是住在哪个庙里，道号叫作什么，是在什么地方，从什么时候到绵山来的，他说："贫道是闲云野鹤，随遇而安，没有一定的栖止。道号多年不用，也用不着了，各世界都随意游行，只知由极乐世界到婆娑世界，才吃过一顿饭，不知道经过多少时间。"

山中人听他言语很奇怪，都传说他是个异人。

星胆打探得异人到了绵山，心忖：照这异人的语气，必是精通道法的人。我听得有人说，道力精通的人，数千里以外的事事物物都能明知镜见，过去能算八千岁，未来也能算得三千年。法力精通的人，杀人不用兵器，只心里一转念，要杀什么人，哪怕这人远隔数千里以外，都能飞剑宰杀，直似探囊取物。方仁伯叫我到绵山来访异人，果然看要访着了。若见了异人，请他收留我，传授我的道法，我的道法学成了，将来还怕不知道我父亲仇人是谁？要宰杀仇人，给我父亲报复大仇，岂不易如反掌？

心里这一想，走到一座山村，即见一大群的人，百头攒动，围着一个肥头硕脑的道士。那道士手里捧着一碗肥肉，狼餐虎咽，好像多年没有吃过肉的样子。

星胆挤进人丛，向那道士面前跪下说道："弟子柳星胆，到绵山来已三月了，今天才有缘得见师父，千万求师父传弟子的道法。"

那道士听了，并不回答。星胆又照着以前的话向他申说一遍。

那道士忽哈哈笑道："贫道不做强盗，这小子太缠人，要从贫道学什么盗法？"

星胆道："道是大道，并不是强盗之盗。弟子只求师父垂怜，传弟子的道法。"

那道士向柳星胆打量了几眼，又哈哈一笑道："你这小子，我好像在极乐世界会过的，二十年不见，这变化成什么模样。今日你我相逢，很不容易，你附耳过来，我吩咐你几句话。"

星胆忙把耳朵凑上去，听着道士叽里咕噜说了一阵，便分开众人去了。

到了这夜三更向后，星胆依着道士的吩咐，走到一处山岩所在。那里有一块大石，仿佛见道士闭着眼坐在大石上。星胆跪在前面，道士好像已经知觉了，慢条斯理地睁开了眼，忽然直跳起来，向星胆喝问道："你到这里干什么来？"

星胆道："是师父吩咐弟子这时前来，愿师父传授弟子道法。"说罢，连叩了几个头。

道士道："好！我传授你的大道，你且听着。天命之谓性，率性之谓道，修道之谓教，道也者，不可须臾离，可离非道，戒谨乎所不睹，恐惧乎所不闻，视其无形，听其无声，则大道成矣。"说毕，将自己的心一指，又指着星胆的心说："你领会了吗？"

星胆道："师父道法高妙，弟子如何便能领会？"

道士哈哈笑道："大道虽不外一心，亦非三言两语所能了解，不过看你夙根甚深，如何半点儿也不能领会，难道你身边藏有金气吗？这种东西，最是掩蔽学道人根器，也难怪你说出不能领会的话来。"

星胆道："弟子身边果有二十两金子，师父的道力真是天大的一圆明月一般。"旋说旋在怀里摸出那二十两金子来。

道士把金子望了望，说："这是一块顽石，被现在那些得道的点成金子，五百年后，当复还原质。与其留在世间，贻害五百年后的人，不若由贫道送到极乐世界中去。"说毕，即将金子揣入腰包。

星胆问道："师父不怕这东西掩蔽学道的根器吗？"

道士道："我的道法已成，你是初学道的人，如何能比得我？"旋说旋在怀里取出一具火镰、一炷明香，交给星胆说道："你且敲着火镰，点起明香，在这里静坐着。我要到极乐世界，五更方能传授你的道法。"

道士说完了，喜欢得跳了几跳，疯疯傻傻走出山岩去了。

星胆便敲着火镰，点起明香，插在面前石罅里，即觉有一股非兰非麝的香气，沁入心脾，即时昏昏沉沉，睡倒在那里。昏沉间，不知经过多少时候，醒来便见红红的太阳斜射到山岩里，已是来朝日向西了。

星胆直到这时，才从恍然里面攒出一个大悟，心想：这道士不是个骗子吗？他骗了我二十两金子，还怕我过后察觉了，又骗我点起这炷熏香，让他逃得远了。古今天下骗人的事很多，从未听见有这样惊人的骗法，这是奇到哪里去了！旋想旋起身走出山岩，只是身边的干粮还在，免得临时忍饥挨饿。

又在绵山探访了两日，仍没有遇到什么异人，也没有再看见那个骗子。忽然想到方继武曾说："现在雍正年间，有名的人都是些酒囊饭袋，不是酒囊饭袋，在这时候绝不会有名的。"换一句说，就是容易叫人看出是个有本领的，这本领必很平常；越是使人看不上眼的，这人没有本领则已，若有本领，绝是身怀绝技的奇人异士。我现在也只将那些言狂语大、自诩有本领的人当作是这类的骗子，要访求异人，不在山林隐逸之士当中访求，更从何处着手呢？

星胆转动了这个念头，凡遇行径略为诡僻些的人物，盘问起来，那些人毕竟全没有异人之处。

这夜月色横空，碧天如洗，清风拂面，襟袖生凉。星胆看着这样好的月色，想起父亲冤仇，自己不知到什么时候才能遇到异人，学成本领，得报仇雪恨，不由阵阵辛酸，又跪到山巅上仰天干号，真比刀割他的心肝还痛。一会儿，转身走下山峰，到一座松林旁边，见睡着一个老叫花子，光头秃顶，上身是赤膊着，下身仅披了一片稿荐，瘦得像个骷髅，腌臜得像从灰里钻出来的模样，口中打着哼声说道："我肚里正饿得很，哪里有东西给我吃几口。"

星胆心忖：我来来往往，没有见这老叫花在此睡卧，他是从哪里来的，我倒不可不去问他一问。谁知不问则已，这一问，便牵起本书绝大的波澜。

毕竟后事如何，且待下回再续。

第三回

指迷路月夜拜奇人
陷机关石房逢怪杰

话说老叫花闭着双目，卧在树林下，口里打着哼声，说出肚子饿得很，没有东西给他吃几口的话。

柳星胆听了，即停住脚步，上前问道："老丈肚里饿得很吗？"

老叫花应声是。

星胆即取下个布口袋。原来这布口袋里，星胆曾在日间脱去一件衣服，换了半口袋的干粮，当将口袋放在老叫花面前说道："这里有半口袋干粮，请老丈胡乱用着充饥吧。"

老叫花道："我这老骨头，已饿得不能动弹了，你跪下来喂哺我几口。"

星胆只得跪下，再看老叫花蒙蒙眬眬，好似睡着了的样子。星胆用手推了几推，哪里便推得醒呢，听他鼻息间声息全无，只是肢体尚温暖，不像死去的光景。星胆仍不住用手推搡着。

　　好半会儿，老叫花似乎已经知觉了，仍闭着眼说道："干粮还没有喂哺我吗？我吃饱了，你让我睡个快活，不用来磨缠我。"

　　星胆只得将干粮向老叫花口中喂去。

　　老叫花略吃了几口说："饱了饱了！"旋说旋又昏昏沉沉地睡去。

　　星胆仍跪在那里说道："老丈何苦绝人太甚？小子乞老丈收留，情愿拜为师父。"

　　老叫花仍没作理会。星胆又用手不住在他身上推搡。

　　老叫花忽然拗起身来，双目仍紧闭着，气愤愤地说道："好晦气，你要聒噪我，也该等我睡醒了再说。"

　　星胆道："老丈不是已醒了吗？"

　　老叫花笑了笑说："你想拜我为师，也要做个穷叫花吗？"

　　星胆道："弟子到绵山访师，无奈访了半年了，没访着一个像老丈这种异人。今日有缘给我遇见了，老丈必要收我做徒弟的。"

老叫花笑道："我不是四只眼睛、两个鼻子，有什么异人的所在？你认错人了。"

星胆道："就因看不出老丈有异人的所在，才知道老丈是个异人。"

老叫花仍闭目说道："你既知道我是个异人，诚心拜访名师，送给一样东西你吃。"说着，张口吐出满手的涎痰，说："你吃下去，就找得个师父。"

星胆见他手里的涎痰腌臜得同鼻涕脓相似，一股腥臭气味，比尿屎还难闻，心忖：他若真是个异人，借此试验我的至诚心，我便得着名师，学成本领，报雪我父亲仇恨。倘若他是有意侮辱我，我不是空给他一场笑话？但是天下的异人，绝不肯轻易收人为徒，就算他有意侮辱我，上天也该可怜我的苦心，必使我有报雪父仇的时候。想着，便一口将老叫花手中的痰涎吞咽下去。在先还觉有些腌臜气味，咽入喉咙，陡觉香甜无比。那香比玫瑰露还香，那甜比西瓜瓤还甜，登时胸膈清爽，精神强壮，说不出的那种好处。

老叫花便起身睁开双眼，在星胆身上打量着，如同闪出两道灿烂的电光。老叫花眼瞅在星胆身上什么地方，眼中的电光便照在星胆身上什么地方，又向星胆微笑了一声道："适才你吃的是换骨金丹，从此可移精易髓，身轻体捷，要学功夫，可得事半功倍之效。算你的诚心感格，才能找着名师，好为将来报雪父仇的准备。"

星胆口称师父，打算拜了下去。

老叫花慌忙将他扶起，笑道："了不得，了不得，你能拜我为师吗？我不是你师父，但你既诚心想报父仇，我给你找个师父。"说着，用手向松林那边指道："穿过松林向西走半里路，有座纯阳庙，你到那里去，只说邋遢老人荐你来的，快些去吧！"

星胆欲再问下去，转瞬间已不见老叫花的踪迹了，只得再吃了些干粮，收好口袋。穿过松林，即有一条山径，约走有半里路，月光下，早看见前面危峰耸翠，拥出一座小小的红墙。走近红墙看时，那山门横额上面写着四个金字，虽经风雨剥蚀，但借着皎月的光辉，犹能认出是"纯阳道院"四字。星胆曾在五日前，从这纯阳道院经过，但因山门关着，殿宇欹斜，不想到里面有什么异人，也就没有进去。这夜大门开放着，好像里面的道士预先知道有人进来，开着山门等候的样子。

走进了庙门，只见小草盈阶，荒榛满地，两廊间窗槅全无，塑着许多的鬼判，有手足不完全的，有削去一只耳朵的，有踏去一只鼻子的，有乌鹊营巢在鬼判头上的，东敧西倒，眼睛里只看不过来，究没有看见一个道士。正面有大殿三间，供着纯阳的木偶，两边也分列许多道袍鹤氅的泥人子，龛上的烟尘、像上的灰垢，要扫刷下几大斗来。殿内并没有灯光，有一团白光照在神龛前面，抬头看时，原来上面的屋瓦现出个很大的窟窿，是天上星月的光辉从那窟窿里射下来的。

在这大殿上望了个遍，哪里见到什么道士，星胆暗叫一声奇怪。旋想旋走到后院，仍然空无一人，看门外有口枯井，那边是个厨房，忽地厨房里闪出荧荧的灯光来。那厨房门是关着，从门缝里窥探，果见厨灶上点着一盏闪闪烁烁的油灯。厨灶对面有口水缸，水缸旁边安设一个短榻，榻上并没有被帐，有一个年纪在五十开外的道人，曲肱为枕，侧卧在榻上，仿佛看出那道人是个癞痢头，面色寒碜，衣服褴褛，并没有什么惊人的神气。

那道人仿佛知道门外有人窥探，忙起身下榻，开了门，向星胆问道："你找谁？"

星胆将邋遢道人荐他的话，前后说了一遍。

道人笑道："好好！"旋说旋一把将星胆身子提住，向那门外枯井里掼去。

星胆叫了声："哎呀呀！"幸得吃过邋遢道人金丹以后，身体捷如飞鸟，从井里坠落下来，约坠有数十丈深浅，并没有跌伤哪里。两脚刚才踏着平地，睁眼一看，这枯井里边却别有天地，面前是一条麻石砌成的甬道，甬道两旁竖着一根一根的木杆，都有两丈多高。那些木杆上面用铁线牵连着，每根木杆上，都挂着一盏绝大的玻璃灯，灿烂光明，照彻得同白昼相似。甬道尽处，是座规模很宏大的屋院，看去约有三四十间，大门敞开着。

星胆步步留神地向前走去，刚走到大门口，忽见一个绿衣女郎，手执宝剑，从里面闪出来，向星胆喝了声："大胆的强徒，竟敢擅入隧道！"

星胆未及回答，忽然那女郎流泪痛哭起来，佩好宝剑，扭转身躯，将星胆一把抱住，说："哥哥从哪里来的？"

星胆向那女郎脸上望了望，原是自家的妹子柳舜英，见面哪有不认识的道理，也流着眼泪，向舜英唤了声妹妹道："你不是在阴平虎泉寺慧远师父那里学习剑法的吗，怎么到了这里？"

兄妹正在这里哭说着，恰好那个瘌痢头的道人风飘柳絮似的走得来，喝开两人说道："这是柳师弟拜师的时候，不是你们兄妹问询的时候，请柳师妹且回到你房里去。"

师父的性格须不是好惹的，舜英听他的话，哪里还敢违拗，只得走入一间房里去了。

星胆随着瘌痢头道人向前行去，穿房入户，经过几间好房屋，走到后厅。瘌痢头道人说道："你自己径去见师父吧，你有话只管问明师父，没有人敢到这地方来窃听私语。"说罢，自行退去。

星胆走进后厅，看厅前明灯高烛，照彻通明，当中摆设一张方桌，有一把大交椅上，坐着个须眉皓白的老叟，满脸堆笑地向柳星胆点头道："你来了吗？"

星胆看这老头儿容光焕发，两眼顾盼有神，光滑滑的顶，没一根头发，坐在那把大交椅上，巍然不动，表现出他老当益壮的气概，连忙跪拜下去，照着告诉瘌痢头道人的话，及遇见舜英的情形，向老叟禀说了。

老叟才站起身来，将星胆拉起笑道："既是祖师荐你前来，得先向祖师礼拜。"说着，即将星胆带到一处最精洁的石房里。

星胆看那石房靠壁处有个香几，香几上安放个三脚的兽炉，缕缕香烟从兽炉孔里喷出来。两边设着烛奴，烧着一对儿红烛。最令星胆注意的，是壁间挂的那幅神像，酷肖在松林下所见的邋遢道人，装束态度，都能尽得神似。

老叟指着那神像说道："这是祖师的肖像，你认识吗？"

星胆回说："认得。"跪倒在地，向祖师行了三拜九叩首大礼，然后向老叟唤了声师父道："弟子也在这里拜师了。"拜完了，起身站立一旁。

老叟道："你拜我为师，要学什么功夫呢？"

星胆道："愿师父传授弟子的道法。"

老叟哈哈笑道："'道法'这两个字，谈何容易。没有嫡派的真传，无非学些左道邪法，那些左道邪法学成了功，即令国法无奈你何，天理也不能容你。你要学道法，能得道法的真传，祖师早已度济你，不将你荐到我这里来了。我从祖师二十年，尚得不到祖师的道法，我劝你将这'道法'两字不要看得太容易了，在在受人欺骗，惹得同辈中人笑话。

"我的武术，有人说我得自神传，谁知是祖师传我的。祖师说我资质很好，有缘学成功他的武术，毕竟无缘得闻他的道法。我一般也学过金钱神算，但金钱神算是祖师道力上一种神通，并非会摆弄三个金钱，就算得闻祖师的大道。我一般也学过画符捏诀，但画符捏诀是祖师法力上一种法藏，并非会几道符、捏几个诀，就算学得祖师的妙法。

"祖师姓张，讳三峰，是胡元时人，别号唤作邋遢道人，直活到现在，已有三百多岁了。平时都喜欢这类叫花子装束，混迹尘俗，不是明眼人，绝无从辨识。我在稠人之中，能识祖师非常人所及，祖师因我眼力不错，心地纯笃，把我带到这地方来，传授我的武术。

"二十年后，因我终无缘得闻他的道法，将这地方让给我。临别时曾说：'师徒的缘分已尽于此，勉强必干造物之忌。'肖像是祖师亲笔，留为永诀的纪念。如今事隔三十一年，那光景就同在眼前一样。

"本来你我也有师徒的缘分，我有个朋友，就是山西太原方继武，他打听你父亲被空岩和尚生擒了，借我的名片，想对空岩去讨情。谁料方继武未到空岩那里，你父亲已经蒙难了。方继武因你父亲已惨受宰杀，何用再向仇人求情，只得盗得你父亲的人头，并我的名片，打在一包送给你，设局将你赚到山西，免得使你再惨杀在仇人手里。

"你到了山西，方继武即将你撵逐出门。就因你胞妹柳舜英在阴平虎泉寺老尼慧远那里，不知你父亲被空岩惨杀了。慧远因你妹子在虎泉寺中终不是久安之所，特送她到太原方家，远避空岩的耳目。

"慧远在第一日送舜英到方家去，你在第二日也赶到了，你在方家后门时，远远看见梅花树下背着站着个彩衣女郎，就是你的胞妹柳舜英。方继武怕你久住下来，被舜英知道了，兄妹相逢，你终该要说出杀父冤仇的话。舜英的性格，你也许明白，她听说有这样杀父的冤仇，如何遏止她得住，凭她的能耐，固不能在最近期间手刃父仇，还怕要陷害在仇人手里。方继武即日将你撵出来的缘故，就是这个缘故。

"老尼慧远将舜英送到方家，同方继武在数日前将舜英送到这地方是一样的心理。癞痢头印昙在你们兄妹相逢时候，忙速赶来，不容你对舜英说出杀父冤仇的话，同方继武即日撵逐你出门，也是一样的意思。你想这话对不对？"

星胆听罢，迟疑了一会儿，问道："方仁伯既将我妹子送到此地，为何不将我送来呢？"

老叟道："方继武不能一并将你们送来，他这苦衷，我不说明，你总该知道了。你是男子，由太原到绵山很易；舜英是千金闺秀，她的剑功很有限，又不谙神行法，单身从太原到绵山来，若遇到什么骗子，将她拐骗了去，那还了得？你不需有人相送，自会得见我，你越是迟迟会见我，越显出你至诚的孝心。舜英却非有人相送不可。"

星胆道："说起骗子来，弟子在绵山也遇见一个。"

旋说旋将那道士化缘，骗去二十两黄金的话，子午卯酉，又说了个梗概。

老叟道："这是你遇见骗子，单骗去二十两黄金事小，倘若舜英遇到了他，一炷闷香，还不能将舜英拐骗去吗？现在这类三教九流的骗子到处皆有，你被道士骗去了黄金，事后我知道很详细。论理我得了这样的信息，就该将你带进隧道中来，不过要显出你的至诚心，你也绝不再受人骗，便多迟几日，有什么要紧？"

星胆想了想不错，问道："师父是姓狄？"

老叟道："是。"

星胆道："上龙下骏，是师父的名讳吗？"

35

老叟道："是。"

星胆流泪道："弟子当初见师父的名片，只当师父是杀父仇人，谁知这其中枝梧有因，当初意想中杀父的仇人，倒做了我的师父。究竟弟子的仇人在什么地方，为什么事杀害我父亲呢？"

狄龙骏道："这个我不便告诉你，日后自会明白。你毋庸向我哓舌，只记清你父亲的仇人是空岩和尚就得了。"

星胆见他师父说这几句话的神气十分严峻，不敢再问下去，只得说道："师父不能传授弟子道法，就请传授弟子武术。"

狄龙骏道："你且去同舜英叙谈叙谈，明天我传授你的剑术，你总要将你父亲冤仇瞒起才是。"

星胆即随狄龙骏走到后厅，忽见有个女子闪到面前，拉住向星胆问道："柳兄，你认得我吗？"

星胆见了，暗暗大吃一惊。

毕竟后事如何，且俟第四回再续。

赤手救娇娃英雄肝胆
苦心试情侠美女襟怀

话说那女子向星胆问道："柳兄，你认得我吗？"

这话才了，忽然狄龙骏仰首向门外叫了声："印昙！"

那女子看狄龙骏神色很严，这声叫出，如同天空陡起个霹雳，转吓得花颜失色，两个滴溜溜眼珠只管向星胆出神，好像有大祸临头，要求星胆援救的样子。

没有片刻时间，即见那个瘌痢头道人走进来，垂手拱立在狄龙骏面前，问："师父传唤弟子有何吩咐？"

狄龙骏指着那女子喝道："且将她绑出去，砍首报来。"

在这间不容发的时候，星胆说了声："且慢！"便跪倒在狄龙骏面前，问道："这女子是什么人？请师父暂息雷霆之怒，明以教我。"

狄龙骏道："你认识她吗？"

星胆道："认是自然认识的，不过她的模样儿改变了。"

狄龙骏道："你在哪里认识她的？"

星胆道："在吴小乙家认识她的，还同弟子比过几路剑法，被小乙的娘打了弟子一把梅花针，她才得将弟子包袱、宝剑夺劫去了。"

狄龙骏道："这事老夫也知道些梗概，你明白她唤什么名字？"

星胆道："那时她是化名方光燮，后来弟子会见方光燮，才知道她是化名前去，夺了弟子的包袱、宝剑，就想不到她是个飘逸绝尘的少年，如何变成个妙龄玉质的少女？"

狄龙骏道："你的眼力果不错，她是方继武的女儿方璇姑，方光燮却是她的哥子。在你未到太原的时候，方继武即将她送到老夫这里，托老夫收留，传授她的本领。只因老夫的规定，这内厅地方是我秘密谈话之所，凡我门下的人，非经我吩咐，若轻易走进一步，就仔细他的脑袋。你是祖师荐你的，这就在例外，我不能以对待门下的人来对待你。她怎能比得你？什么事胆敢跑到我这地方来大惊小怪，好不懂得规矩。"

星胆叩头道："弟子听得明白，果然是方世妹太疏忽了，使师父下不来。不过她是我的世妹，这番在她固是罪有应得，若师父了却她的性命，她父亲心里必很难过。望师父高抬贵手，宽恕她这一次，她再敢违背师父的规矩，弟子也不敢再向师父讨情了。"

狄龙骏怒道："怎讲？你怎么讲？她犯了我的规矩，岂讲情所能了事的？印昙，快将她砍首报来。"

星胆看这势头不妙，哪里还顾得什么男女嫌疑，说时迟，那时快，两手早将璇姑搂定，同时倒仆在地，满面流泪地说道："弟子非方仁伯，无缘得到绵山会见祖师、拜见师父。祖师、师父、方仁伯的大恩，弟子虽碎骨粉身，亦不能图报万一。若师父不肯暂息雷霆之怒，请师父一并连弟子宰杀了，弟子死到九泉，也得将空岩的命追了去，好做个雄鬼。"说罢，那眼泪点点滴滴，都滴在璇姑的粉腮上。璇姑也睁开眼珠，望着星胆，流抹了许多热泪。

狄龙骏勃然大怒道："这是什么所在，你这小子，敢在这所在咆哮无礼吗?"

星胆哭道："非是弟子敢在这所在咆哮无礼，弟子这时只知感报祖师、师父、方仁伯的大恩，非礼违法的事都不暇顾及了，愿师父曲予宽容，开放我们一条生路。"

瘌痢头印昙在旁见了，也有些辛酸泪落，但是这种违背师父规矩的事非同小可，总觉爱莫能助，除了辛酸流泪以外，没有旁的话说。只想着师父再有令下，他们这两个脑袋就快要迁居了。

想不着狄龙骏忽然长叹了一声，也洒了几点英雄泪，缓缓地点头道："好个热血英雄柳星胆！也罢，既是星胆舍身替她求情，老夫且看在星胆分上，寄下她这颗头来。下次若有人跑进来胡闹，可不用怪我的心肠太狠。"

星胆听了这话，才同璇姑站起身来。璇姑先向她师父叩头谢罪，抬头看时，狄龙骏已大踏步走入里面去了。印昙也同时走出厅外。

璇姑又向星胆拜了几拜，星胆也答拜。璇姑便将星胆带到舜英房里坐下。

舜英见了，劈口先向璇姑问道："两个人在哪里的，连眼睛都哭红了？"

星胆便将适才的情形告诉了舜英，将关于他父亲冤仇的话瞒起。

舜英笑道："你们交杯酒还未吃，倒拜过堂了。"

璇姑听了，把脸飞红了，便向舜英附耳道："我把你这小鬼头，红口白舌，讲的哪里话？想对我哥哥说，将来还要聘你做嫂子呢！"

舜英听了，粉腮上不禁泛起了朵朵红云。

星胆见舜英这种娇憨神态，暗暗叫了声："可怜！她若知道父亲的冤仇，那活泼泼的心肝，不知要伤痛到怎样地步。"

舜英又对璇姑笑道："我们讲正经，师父的规矩，你也该知道。我兄长到内厅去，我就没这胆量敢去盼望他。方才你到我房里，我告诉你，说我兄长来了，你问我兄长在什么地方，我说到内厅去拜师了，怎么你有这吃雷的胆，敢违背师父的规矩，竟到那里去看我兄长？难道再迟些时，你们就没有会面的机缘吗？我只看你剑法海样深，不信你色胆天来大。"

璇姑红着脸道："好大的正经，看你越说越没有好话了。你敢仗着你兄长在这地方，不怕我来打趣你，你就打错了算盘，看改日再捞回本来。"说着，一撇身子便走。

星胆道："你由她打趣你，你这一走，倒反惹人笑话了。"

璇姑哪肯回来，早闪动如风，撇到她房里去了。

舜英笑道："人已走了，兄长在这里放马后炮可是迟了，可知有人站在背后，要笑话你们呢。坐下来，我有话要问你，父亲现在是怎么样了？"

星胆猛听舜英问到这句话，早噤住了，半声不响，禁不住辛酸泪落。

舜英笑道："兄长怎发魔起来？我明白了，方世妹一会见我的兄长，就要惹出兄长这许多眼泪来。"

星胆急趁势回道："我想起师父盛怒的时候，至今还有些替她悬心吊胆，不过触目伤怀，为她流了几点眼泪罢了。"

舜英笑道："笑话也说得厌了，再说就没有半点儿意思。你听真了，我有话问你，父亲现在是怎么样了？"

星胆只得掩泪回道："父亲精神很康健，我们到师父这地方学艺，他心里总该欢喜。"

舜英道："是几时来盼望我们？"

星胆道："我们在师门学成武术，师父就许我们回去。三年以后，我们得尽全孝道，父亲怕未必前来盼望我们了。"

舜英急道："师父不许我们初入门墙的人出隧道一步，父亲怎么却不来盼望我们？女儿原没有要紧，儿子总是儿子，既然喜欢我们，你为什么说出未必前来盼望的话？我想父亲的心却没有生硬到这个样子。"

星胆道："不是父亲心肠坚硬，是师父有约在先，不许他前来盼望，怕分了我们学武的心神。"

舜英已听星胆说父亲精神很康健，又有这一层干碍，不便前来盼望，好在在师门的时期有限，孝养父亲的日子正长，也就毋庸追问下去。接着又同星胆谈说了许多闲话。星胆怕回话时，轻易露出破绽，略谈了片时，便伏在桌上，半声不发。

舜英道："兄长倦了，喏喏，前面有间寝室，兄长且去安歇吧。"说着，便引导星胆走进那寝室里去。

星胆看寝室里很清洁，床上的被褥都铺设得齐齐整整，案上点着一盏油灯，荧荧如豆。看舜英转身回去，星胆睁大着两个光闪闪的眼珠，只顾望着青灯流泪。好半会儿，竟忘记关着室门，和衣倒睡床上，鼾呼不醒。蓦地觉得有人将他的身体尽性摇了几摇，星胆从蒙眬之间，睁眼看时，见是方璇姑，早惊得从床上直拗起来。

璇姑急着说道："我父亲来了，请世兄到我房里去。"

星胆点了点头，随着璇姑，转弯抹角，走到一间房外。两足刚跨进房门，问："老仁伯在哪里?"

凑巧一阵风吹来，房里的灯光熄灭了，黑洞洞看不见有什么人，接着听得呀的声响，似乎那房门已被璇姑关起来。星胆暗叫不妙，返转身躯，双手向前摸着，哪里摸到什么人。就在这时候，又是铿一声响，星胆再进一步，伸手开门，摸不到门闩，而门板触在手上，又硬又冷，心里疑是铁板门，弹着手指一敲，听得铿锵作响，不是铁板门是什么呢!

正在万分焦急，忽听得璇姑的声音在他背后低唤了声柳世兄道："小妹仰承世兄救命之恩，愧无以报，故托家君前来，舍身报德。愿世兄勿以葑菲见弃，这都由五百年前结下未了的债，五百年后才了此未了的缘。"

星胆听完了，心里早直跳起来，使开那合手为拿的姿势，按着发声的所在，向前扑去，哪里还扑着璇姑呢，口里不住叫着几声："孽障!"

又听璇姑的声音说道："了不得，了不得，世兄

44

如何忽说出这气人的话来？你在半夜三更闯到我的香房里，是想做什么的？世兄肯听信我的话便罢，不肯听信我的话，我到师父那里告一状，看世兄如何下得来。劝你顺从了我吧，这是你讨着便宜的事，你又何苦而不来呢？"

星胆听这声音，虽相距不远，但转念一想，不便向前扑去，只得分辩道："这是你说老仁伯在你房里，哄我前来，把我关在这种地方，不是我在半夜三更闯进来的。只要你见了师父，不要狡赖就好了。"

似乎璇姑现出很低微的声音，这声音便像在眼前了。星胆不住向后退着，耳朵里犹模模糊糊听她说道："世兄这样地拒绝我，莫非厌弃我的态度太妖艳了，言语太风流了？怕我已不是千金闺秀，曾和人有了私情吗？唉，这真是黑天的冤枉呢！我长到一十八岁，从未经过这种羞人的事。觍颜相向，本非我的素心，但我今日一见世兄的面，我的喜欢就到了极顶，何况世兄和我有负体之嫌，多少总该有些缘分。我这颗血热的心，直系到世兄胸膛里，世兄索性拒绝我，必索我于枯鱼肆中了。总乞世兄垂怜，救我一命，好好补偿我的相思。"

星胆万分无奈，只得用很和平的口吻说道："世妹说这样话，我这两个耳都听得腌臜了。我的人格固然宝贵，世妹的身份也不是一文不值的，何况上有天，下有地，我若做下这禽兽的事，叫我良心上怎对得起方仁伯？我死到九泉，更有何面目能见我的亡父、亡母呢？总请世妹开一面仁人之网，放我出去，省得彼此反颜交手，吵扰起来，无论师父要处我们死命，并且我们方、柳两家，总丢尽祖宗颜面，子子孙孙都抬不起头，说不起话。"

星胆说话的口吻和平了些，璇姑的声调却转来得严厉了，只听她又说道："你太不识好，还是这样地拒绝我，你以为不答应我的话，就放你出去吗？你也不想想，这些事是你惹出来的，你在师父面前，公然搂抱我，你这会子不要假撇清，我劝你识相些吧！"

星胆道："你是个聪明人，糊涂虫怎么钻到你脑子里？我那时只要救你的性命，毁誉祸福，都在所不计。我若早知你这样地不顾面孔，便砍去我这脑袋，也不向师父求情了。"

这话才说完了，忽然屋子里灯光一亮，早见璇姑粉颈轻垂，嫣红满颊，站在灯光之下，低声赞道："好个柳世兄，心肠比什么都软，性格比什么都硬。我告诉你，你的性命总算站西瓜皮上，一脚立不稳，险些要跌个粉碎。师父因你替我讲情的时候，公然搂抱我，当时虽准你这个人情，事后转疑惑你那样情热，叫人看出有些混账。

"方才我从令妹房中回去睡歇，师父差人来把我唤到后厅问道：'星胆为什么舍命给你讲这人情？'

"我说：'他是弟子的世兄。'

"师父道：'既然替你讲情，为什么又对你公然无礼？'

"我听师父这样说，只羞得恨无地缝可入，淡淡回说'不知'二字。

"师父道：'这个不知说得好，我问你，那时你毕竟为的什么事，跑到这地方，对他大惊小怪？'

"我说：'他有一支青霜剑，及他父亲的人头，都放在我家里，弟子听说他来了，立刻要使他知道人头、宝剑的下落，并对他显出弟子的真面目来。一时心急，忘记师父的规矩，弟子罪该万死。'

"师父道：'虽然这小子是祖师荐来的，但老夫看他的行径有些靠不住，只要你是立得正行得正，不要害羞，你去试验他的心，是不是有意对你公然无礼。你若敢违背我，就将你们一并宰杀。如果试验他是有意侮辱你，就砍去他的脑袋。老夫虽看不见你们的心

是怎样，但凭这三个金钱，算准你此去所行的事、所说的话，总逃不了我的神算。'

"我听师父这样说，不但师父疑惑你有意侮辱我，便是我的心也就恍惚起来。你救了我的性命，又有负体之嫌，我虽不一定要许配你，但我已不愿再嫁人了。如果你是有意侮辱我，便救了我这性命，难道我不想报答你，便是师父没逼勒我来试验你，我也顾不得什么害羞，要看看你的心，还是冷的，还是热的，还是红的，还是黑的，还是腌臜的，还是光明的。如今我已试验过你的心了，这是你的造化，你去吧，算我感谢你到一百分。"

说着，即近前开了铁板门，让星胆自去。

星胆暗想：师父真好厉害，我今夜若跳不过这道美人儿关，我一死原没要紧，父亲的冤仇就沉没到海底了。

回到寝室，进门看见床上坐着一人，那人见星胆来了，低喝一声："好大胆的孽畜，看我这一剑结果了你！"

毕竟后事如何，且俟第五回再续。

第五回

空卷寒云丹心如皓月
薪添炉火碧血溅青锋

　　话说柳星胆远远借着闪闪灼灼的灯光，看那人的相貌生得甚是凶恶，头上戴着铁盔，身上披着铁甲，脚上似乎踏着铁底的乌靴，满脸黑得同锅铁相似，一部络腮胡须，有五寸多长，张开来同钢针一样。年纪老少虽看不分明，就只在这种相貌看来，也有五六十岁。身材虽不甚高大，但举动矫捷，在那一声喝出来的时候，早拔出腰间的宝剑，比箭还快地闪到星胆面前。那灯光也在这时候一闪一烁，闪得熄灭了。

　　星胆的宝剑不在身边，分明是只手空拳，哪里还敢抵挡，只得闪折了一下，向那人问道："来者是谁，何不通出姓名？空是这样胡闹，你就刺杀我，还有我的师父呢!"

那人说声好，折转身来，飞起一脚，身体已是凌空，把飞起的那只脚向星胆肩上一搁。星胆觉得这一脚搁下来，足有数千斤气力，哪里还支撑得住，不由矮下半截身躯，向那人面前一伏，周身都觉有些痛得不能动弹，实在万分窘急了。待要大声呼救，那舌尖在口里乱划，看那人凶恶的样子，吓得嗫住了，如何能喊出一句来呢。

那人低声喝道："吾乃上界夜游神是也，专在昏夜时间查察人间的善恶，凡有暗室亏心的人，被我游巡时查出他的罪恶，我手中这支剑是赦他不得的。"

星胆听他这话，心里转觉宁帖些，心里宁帖了，舌尖上也就登时恢复了原状，连忙问道："你是夜游神?"

夜游神回说："是。"

星胆道："你是奉上帝的命，专在夜间访查人间善恶的?"

夜游神回说："是。"

星胆道："有了这两个'是'字，你手中的剑若在今夜结果了我，怕你不出三日，要惹得上帝怪罪下

50

来，你也上了断头台了。"

夜游神听了恨道："倒看不出你这小子竟胆敢口出大言，诋辱神教，你看我的剑锋不快吗？"

星胆道："我不敢诋辱神教，但看你这越职妄杀的淫神祀鬼，我只道世间是有蛮不讲理的人，谁知天上也有蛮不讲理的菩萨。"

夜游神道："你说这样话，也该还出我越职妄杀的证据，我就立刻褪去神服，不做夜游神了。"

星胆道："要我还出你越职妄杀的证据，你就该先还出我亏心暗室的证据来。"

夜游神道："你在血丧之中，借端戏辱人家千金少女是实，要奸淫人家也是实。"

星胆道："你是夜游神，奉帝命在夜间访查人世善恶，不能访查得清晰就会说出这两个是实来，容易加人暗室亏心的罪。你是神目如电，先该看明我的心，究竟可有这两个是实。"

夜游神道："你还想抵赖吗？你戏辱人家千金少女，又存心要奸淫人家，若非人家暗暗告诉你，叫你小心些，要遮蔽你师父的眼目，这第二个是实，你又造出来了。我早已看见你的心，你还想抵赖吗？"

星胆讶道："聪明的天神，怎么两个眼珠也糊涂

51

到这种样子？我若有那两个是实，今夜已逃不过美人儿关了。天上有不明黑白的淫神，就无怪世上有不分黑白的官吏。"

夜游神道："也罢，我的宝剑是上帝赐我的，最是一块试金石。你若瞒心，我一剑就得砍杀了你；若不瞒心，我这剑就伤你不得。看剑吧！"

说毕，便抽回了那只脚，挥起手中的剑，向星胆搂头砍下。借着这剑光之下，看星胆神色不动，俯颈受刑。

就在这生死的关头，夜游神忽把宝剑抽回了，遂将星胆扶起道："既然你没有亏心，我的宝剑就伤不了你。我带你去，见你的师父好说话。"

说着，即在星胆肩背上揉抹了几下。星胆在他一脚搁下来的时候，身体都痛得什么似的，及经他揉抹了几下，便不觉得怎样痛苦了，疑是神仙奥妙，令人不可思议，便随在他的背后，走到后厅来。看师父不在厅中，料想已回到房里安次了，只好站立阶下。

夜游神转身向内立着，卸去头上的铁盔，脱去身上的铁甲，除掉脸上的假面具，回过身躯，向星胆点头笑道："你看我是谁呀？"

星胆留神看时，不是他师父还是谁呢？不但相貌无异平时，连声调都变换过来了。心想：师父的为人真了得，温和时比什么人的相貌都温和，厉害时比什么人的手段都厉害。他转念疑惑我今天替璇姑讨情，表面上显得太难堪了，就怕我的心怀难测，假借他金钱神算，说得如何灵准，逼勒璇姑设成美人儿局诈，试验我的心怀。又怕璇姑同我串通一局，瞒过了他，复装神作鬼，就这样地试验我，什么金钱神算，这是他哄骗人的。他的金钱虽能算得吉凶祸福，如何能把各人的心，各人所行的事、所说的话，都算得了如指掌呢？这是我问心无愧，才能逃脱他的掌握。

旋想旋跪倒在狄龙骏面前，叩了几个头说："弟子冒犯师父，特向师父请罪。"

狄龙骏忙用手扶起星胆笑道："这如何能怪你呢？讲到我们胸怀磊落的人，本来不拘小节，便是男女的情愫，只要光明正大，却不干我的规律。如果有了什么暧昧苟且的事，人有师徒的情谊可讲，我规律我的，剑怕不能有什么师徒情谊可讲。"

第二日上午时间，狄龙骏便取出一柄小剑来，说："这剑本有阴阳两柄，阴剑名为秋月，阳剑名为青锋。这是一柄阳剑，不但你家青霜剑及不上它，便是古来干将、镆铘，若和这剑比较起来，恰如小巫会着大巫，牛马见了麒麟。

"当初造这阴阳剑是男女二人，男名李青锋，女名梁秋月，他们是夫妻的名义，谁都使出一路好的剑法，在江湖上很干出许多锄强扶弱的事来。不过看世界上不平的事很多，终日打着不平，他们的剑法虽好，却恨那剑锋不快，遇到练过罩功的人，这剑转不若一块顽铁。并且练罩功的人仗着练成比铜铁还坚硬的身体，横冲直撞，不在轨道上走路，天不怕，地不怕，什么奸淫妄杀、惨无人道的事，一半由那些罩字门中的人干出来。寻常的剑既不能奈何他们，替未经被害的人除害、已经被害的人报仇，那些练过罩功的人简直就凶横得不成话说。

"青锋、秋月一想不好，便把他们平时所使的剑放在炉火中千锤百炼，似这么每日千锤百炼地炼了十五年，炼成了两柄锋快的剑，真有斩铁如泥、吹毛得过、杀人不见血的三种功用。但是同练过罩功的人交起手来，不但不能伤害那些人分毫，反把剑尖砍卷了口。

"青锋、秋月更踟蹰起来，都像发了疯魔似的，又把这两柄剑放在炉中，朝夕不辍，炼了三十年。青锋、秋月的壮年光阴都消磨在这两柄剑上，将那两柄剑使用起来，遇着那些练过罩功的人，仍然是顽铁无灵，没有半点儿的功效。

"青锋、秋月看他们的年事已高，待要苦心再炼三十年，无论这两柄剑能否伤害罩门中人尚未可决定，并且如何能有这百年的寿算，再将两柄剑放在炉火中炼三十年呢？但在势又不能将这四十五年的功夫都付之行云流水，只得仍将这两柄剑，又借着融融的炉火，炼了十年。

"就在这十年时间，青锋、秋月的体格渐渐衰败下来，两柄剑还没有炼了成功。他们暗地一商量，与其使宝剑炼不成功，毋宁以身殉剑。看炉中的火候旺炽到十二分，青锋、秋月都脱去身上的衣服，向炉火中跳去。青锋、秋月葬身在融融的剑火之中，以后不能再炼这两柄剑了，这两柄剑便落到一个窃贼手里，反不若寻常的钢铁中看，略看出是两支剑的模样儿罢了。

"不过青锋、秋月殉剑的声名，江湖上人都很知道。也合该这两柄剑归我，在三十年前，由我祖师用二十文钱，在一个旧货摊上买来的，祖师将这两柄剑锤炼成功了，把来赠给我。据祖师说，这剑由那窃贼送给一个武举，那武举看这两柄剑没有奇异所在，不知爱惜，被家中窃出，卖给一个收旧货的，倘不遇见祖师，这两柄神剑便与顽铁同朽了。

"祖师又说：'这两柄剑是青锋、秋月的灵感血肉所砌成的，白光是阴剑，金光是阳剑。阴剑本为梁秋月的剑，故名秋月；阳剑本为李青锋的剑，故名青锋。青锋、秋月两柄剑合用起来，无论遇到怎样罩功的人，都能在十步外飞斩人头，一若探囊取物。这两柄剑的妙处，有神有质，质则专借练习功夫，神则专赖人的灵感作用，通神变质，全看练剑人的灵感功夫何如。若是拿它当作寻常的剑一般使，不能通神变质，就有斩铁如泥、吹毛得过、杀人不见血的三种功用。遇到练过罩门功的劲敌，还不像似两块顽铁？'

"祖师把这两柄神剑赠给我，并传我剑术的妙谛、灵感的作用，我依着祖师的指教，练了五年，也曾在这两柄剑上干过许多事业。我把这柄阳剑交给你，我传你通神变质的诀窍，你要专心练习，将来可凭这柄剑报复大仇，还得在尘世间杀霸锄奸，继承李青锋的志愿。"

星胆听罢问道："这是一柄阳剑，还有一柄阴剑呢？"

狄龙骏道："阴剑我要另送一个人了，你也不用

56

过问，将来你报复父仇，阴阳剑总该碰面。"

狄龙骏当日即将星胆带到自己的房中，每日三时传授他使用这柄青锋剑的功用。星胆本来剑术上有了几层火候，又吃过三峰祖师的金丹，心地通明，并且专诚练习，只练了一年六个月的功夫，能将那柄五寸多长的青锋剑迎风一闪，便有五尺来长一道金光从剑锋上射出来，即见那剑光中有个八十来岁的剑叟，寸丝不挂，也像舞着一柄小剑，要杀人的样子。

星胆因这柄青锋剑有灵感的作用，心里没有转动杀人的念头，那剑光也就在空中招展，剑光中那个八十来岁的剑叟虽然舞着一柄小剑，仿佛要去杀人，却并没有伤坏什么。知道剑术已成功了，接连狄龙骏便传他气字的内功拳术。如此者又二年，星胆从未出内厅地方一步，师兄弟们都知道他师父的规矩，在这三年六个月时间，也没有人敢去窥探。

这日，星胆独自在房里练功夫，忽见狄龙骏同方继武两人匆匆忙忙地走进来，星胆看出方继武是有什么要紧的事来请求师父的。

星胆欲向前请安，方继武摆一摆手，狄龙骏便摇起三个金钱，连摇了六次，面上现出很欢喜的神气，向方继武道："卦象虽凶，终得逢凶化吉，还有重重的喜事。"说罢，两人便走出去了。

星胆等他师父回来，问："方仁伯有甚急事？"

狄龙骏道："没有什么大不了，有你门下的人出山，就可以无事了。"

星胆待要再问下去，看他师父又把三个金钱颠簸了几下，倏地现出惊异的神态，拍手叫道："这就糟了，难道我的金钱就没有半点儿灵验吗？这件事倒用不着我出山，那东西也不应该死在我手。"

惊诧了一会儿，又转身出房去了。

接连过了三日，并不见狄龙骏回来，星胆只摸不着半点儿头脑，料知去问别人，也问不出是什么缘故来。

忽然狄龙骏回来了，说："小乙娘的话最是靠得住，她的神算比我还准确，那东西本不该死在我手。"说着，把那三个金钱摇了一会儿，又匆匆出房去了。好半会儿方才转来，面上转又现出欣喜的颜色，向星胆笑道："你仍在这里做功夫，不要管问我们的事。"

接连又过了三日，这日，又见方继武走来，带着些愁苦的样子，一望就知他心里有忧愁抑郁的事。星胆待要迎上去搭话，但望他师父的神气，却又不敢上前，只得拱立一旁，看他师父又同方继武走出去了。

隔了三日，狄龙骏才转回来，进门便现出懊丧的神态说道："可惜我无缘得闻祖师的道法，什么过去、未来的吉凶祸福，虽有这三个金钱，终不能穷其底蕴，究竟天下事，总算难逃一个天数。"

说至此，便向星胆说道："青霜剑已由你方仁伯送来，你父亲的人头也送到了。你将来报复父仇以后，自然交给你。只是你这次须到湖南龙山去，那里有个薛家坡，薛家坡中有个薛瑾，你到那里去访他，包管他收留你，做他的儿子。你还在那地方会见你的老婆，你父亲大仇，也就可望报复。只是你无论如何，不能说出你的来历，须将真姓名隐起。"

星胆道："弟子父仇未报，如何去认人为父呢？弟子报复了父仇，愿随师父终身，不想娶老婆了。"

狄龙骏道："丈夫能屈能伸，你又不是真做了人家儿子，这次实在使你去会老婆，好做你帮手，报复大仇。你不会见老婆，怎能报雪父仇呢？也要使你的老婆盼杀了。我这地方，如何是你长住之所，你尽管放心前去。"

星胆听了，迟疑不答。

狄龙骏急道："你心中可是已有了老婆吗？老实告知你，我使你去会你老婆，就是你意想中虚悬的那个老婆。只要你们的情愫不离轨道，我不但不惩治你们，将来还要吃你一杯喜酒。你要明白，方璇姑身有大难，非你前去，不能挽救她的性命。青锋、秋月碰了面，空岩的头就被你提到这里来了。"

　　欲知后事如何，且俟第六回再续。

第六回

黑夜挥刀奸雄欣报怨
铁床槛凤侠女痛离魂

话说柳星胆听完他师父这篇话，略停了停，低着头不说什么，面上已显出很愿意的神气。狄龙骏又吩咐他到龙门山去应该注意的行径。星胆便要去同舜英话别。

狄龙骏摇手道："用不着，你妹子早下山去了，将来你们会面的时期不远。"

星胆道："妹子出山到什么地方去，没有人和她同去吗？"

狄龙骏道："舜英的经验，现在比三年前大不相同了，十日前是改变男装下山，没有人和她同去。将来你会见她，就明白她在什么地方，此时可不必向你说。"

星胆知道师父的性格，不敢追问下去。

狄龙骏道："此去龙山路途甚远，凭你的脚步再快些，要到什么时候才能抵龙山？老夫送你两道马甲符，只需三天工夫就到了。"说着，即叫星胆藏了青锋剑，挽着星胆的手走出来。

刚走到那枯井下面，狄龙骏喝声："闭眼！"两手托起星胆两足，只听得哧的一声，似乎身体凌空，迎风一闪，却被闪落在一处地方。

星胆睁眼看时，原来身体在距离枯井十步远近的地方站定，眼前没看见师父在那里。跨进正殿，见瘌痢头大师兄印昙倒在纯阳偶像面前，鼾睡不醒。星胆也不用去惊动他，向外走去。看山门仍然关着，开了门，刚走不多远，听得背后呀的声响，回头看时，那山门已关起来了。便取出两道马甲符，粘贴在两腿上，提起脚就走，竟若风一般地向前走去。所经过的地方，脚下不起灰尘。

在路走了三天，这天已走到河南龙山脚下，便揭去两道马甲符，揣在身边，看这山树木青葱，峰峦叠绕，俨如一条盘龙凿踞在山头上。星胆到了龙山，当日便访到薛家坡左近一打听，据说这薛家坡薛瑾是龙山首屈一指的富户，有美田数十顷，岁得粟二千石。薛瑾在少年时候，又考过一名秀才，隐居在薛家坡，做了个田舍翁，娶过两房妻小，无如那两个女人像在娘家约会似的，都没有学得养儿子的本领，因此薛瑾到了五十岁外，膝下并没有一男半女。

薛瑾家财富有，品行又很端方，平时多肯与人方便，龙山前后农苦人家，大半受过他的周济。凡有外路的人落拓无归，有了什么困难，听得薛瑾生性慈善，投到薛家来，说出自己苦衷，求薛瑾援助，薛瑾量势帮助，送上三五十串钱，是很平常的事。只是游方的和尚、道士若到薛家来化缘，薛瑾连一合米、一文钱也不舍。他的理由说："这些游方的和尚、道士是世界上惯吃白食、惯会骗人的闲汉，我哪有这许多钱去修补他的五脏庙？就不若把这些钱留在穷苦无告的人身上，行些方便。"家中的婢仆约有二三十人，都也感激他的好处，怀念他的恩德。

地方上的官府因他这般好善，又是个秀才，多喜欢同他接近，前来拜望他。他是轻易不肯到衙门中走动，曾说："做秀才的，若走动官府，不怕不会造成弥天的罪孽。"因他有这许多难能可贵的地方，龙门山左近的人，有送他孟尝君的外号。最令人叹服的有一件事，龙门山有个姓周的无赖，外号唤作小瘟神，惯在赌钱场上厮混，亏空得百孔千疮，把祖遗地十亩田产作价卖给薛瑾，每年要打薛家的抽丰，薛瑾毫不发动脾气。

这年，小瘟神已打过周家十两银子的抽丰了，又到周家来啰唣，三言两语不合，便动手打周家的仆人，左邻右舍都劝解不开。薛瑾便走出来，用好言安慰他，谁知小瘟神两个拳头打昏了眼，连薛瑾也打起来了。薛瑾仍然赔笑不迭，又送他二十两。他拿了这二十两银子，口里还恨恨说道："这东西是一打出血的脓包，我打他一拳，他送我二十两，打他的次数正多着呢。等我输了亏空下来，再拢共同他结个总账。"看的人都有些不平。

谁知薛瑾倒现出很和蔼的笑容来，说："他若从此不赌钱，休说打我，无论再有什么非人所受的羞辱，我都忍受。"

那些人听了薛瑾的话，暗地无不赞扬薛瑾胸怀阔大，骂着小瘟神这种没天良的东西，迟早合受天报。谁知不出三日，这夜小瘟神在赌场上，正和那些淫朋赌友呼卢喝雉，忽见一条人影儿竟似飞将军从天而降，也没看清那人的身材面貌，只见有一把锋快的大刀，在小瘟神头顶上一横，小瘟神的头已不见了。尸首跟后倒在地下，鲜血喷到屋梁上，嗒嗒作响。那些赌友却吓得魂不在身，再看飞将军已不知到哪里去了。

众赌友收了彩盘，把赌钱的事瞒起，立刻去报知保正，说那执刀的飞将军刀的模样同武圣庙中的周将军春秋大刀同是一样。保正也因为周小瘟神这种人合受天诛，聚集山中的人，公开会议，将周小瘟神的尸首掩埋了，免得报官要费许多手续。

那时，官家法度原没有怎样缜密，又在神话昌盛的时候，地方上人既隐匿不报，官府又何必追求，怎能到武圣庙中去拿飞将军破案呢？这件事宣传出来，山中的人民都把薛瑾这样盛德人物当是神圣不可侵犯，周小瘟神打他一拳，是已遭受天谴，村农能有多大智识，不但夸说薛瑾是个孟尝君，都把他当作是龙山的菩萨。

这些话说到柳星胆耳朵里，就很觉得奇怪，回想师父当夜装神作鬼试验他的心情，就猜着周小瘟神遭受神谴的话太没有切实证据了，便走到薛家坡前，看竹篱茅舍掩映着一座规模很大的农村，进门便向薛瑾家仆人问道："薛太爷在家吗？"

那仆人向星胆打量一番，便请示他的姓名，问他找家主人有什么事。

星胆随口打着山东话，诌出个姓名，说是山东刘大鹤，游学到此，特闻薛太爷的盛名，登门拜访。

那仆人进去通报，不一会儿，带了十两银子出来，向星胆道："家主人偏是身子不爽快，这点儿薄赠，请先生曲意收了吧。"

星胆无奈，勉强收了银子，托仆人转谢一声，便出门去了。到了夜间，星胆暗暗又转到薛家坡，从后院跳进去，站在僻静所在，偷偷一望，里面是一片空地。月明之下，没有看见什么，便绕转过去，已是一所住宅，更不怠慢，复行蹿得上屋，东张西望，只寻不见谁是薛瑾的内室。忽听得下面有人说话，这说话的声音像似在前一进。再行细听，又听不见了。悄悄趄上前一进，从屋上取片碎瓦，向下掷去，见没有动静，然后慢慢探下身躯，恰好下面有株枇杷树，掩在那枇杷树下，早见从窗槅里射出灯光来。忽听得很怪僻的声音，自言自语地说道："你敢要我的命，就算你有本领，是个厉鬼。"

说到这里，又听得中年人妇的声音说："阿姨，看他不是已苏醒过来吗？"

接着又听着个少年妇女声音说："是果然醒来了。"

似乎听那妇人向他男子说道："你的病怎么样了？"

接着听得有人哼哼唧唧，说："你们还在这里伺候我吗？"

那妇人问道："你常在蒙眬中，满口说着谵语，可是周小瘟神来追取你的性命？"

那人道："凭周小瘟神那样的人，我就乔装杀死他几百个，算不了什么。我生平在暗地里所杀的人，正不知有多少呢。那些人也都自命是不三不四的英雄好汉，何尝前来追索我的性命？"

那妇人道："你不用再瞒我，究竟什么厉鬼呢？"

那人道："这个鬼在生前倒也厉害，只是冤有头，债有主，他当初是有意侵犯我，不是我师父将他擒去宰杀了，说不定还要死在他手里呢！他做鬼还想侵犯我，岂知我的本领已不是三年以前，容易被他欺。他要追索我的性命，我只笑他不敢呢！"

那妇人道："这个鬼不是黔山柳海峰吗？记得在三年前，你对我们说，你在安徽地方强奸了人家幼女，被柳海峰知道了，等你从那人家出来，在一处荒

67

冢无人的地方，彼此动起手来，若非佛菩萨神通广大，你的头怕被老贼斩去了。虽然佛菩萨将他擒杀了，事后你想到他的剑法厉害，还有些魂惊梦怕。我猜的这个鬼错不错？"

那人道："半点儿不错。"

星胆听到此处，心里便直战起来，眼中的泪潸然流个不住，暗想：我把你这欺世盗名的贼，原来那空岩恶秃，还是你的师父呢！我父亲的阴灵不远，当然在暗中帮助我，使我报雪大仇，一并宰杀你这个欺世盗名的贼。

正想到这里，又听那人说道："我的本领既比不得三年前了，如何还怕一个厉鬼？本来是我做的春梦啊！不过在七日以前，那个山西女子方璇姑，使的剑法是何等厉害，迎风一闪，那支小剑转瞬就有三尺来长，剑尖上射出一道白光来，虽在黑夜时，看见那剑光中有个鸡皮老妇，蓬首垢面，手里也持着一柄剑，同方璇姑所使的剑看来是一样的。不是我在前一年时间得我师父传授我的罩功，练成这金刚不坏的身体，就在那一夜，已死在她的剑光之下。那女子算是个真有本领的人，也被我擒住，还怕什么柳海峰呢？可是柳海峰虽死了，也有一男一女，现在都隐匿无影无踪，将来同我们师徒相逢狭路，这刀剑的事，是免不了的。"

那妇人道："方璇姑听说是山西神剑方继武的女儿，你要摆布人家，该想想方继武这个人，须不是好惹的。就是你爱嫖，看阿姨这模样儿，你再不用弃了家的寻野的，还少得你嫖的时候吗？你这个苍蝇，偏喜欢钻到人家的梅花心里，你也不怕促寿？"

接着又听少年的女声音说："大奶奶再是这样精灵促狭，我就恼了。小阿奴向来不吃酸醋，只做饧糖，有她服侍太爷，不是一样的吗，大奶奶何必轻薄我说是嫖？只恨那丫头太奇怪了，飞金溺壶地要装着憨腔，说是换心丹也换不过她的心来。如今还不是绑在美人儿床上，咬着牙关做好汉吗？"

大奶奶笑道："轻一些，防有什么人前来窥听，如果他的秘密被外人听见了，他的好名气就从此扫地了。"

仿佛又听得那人说道："有人来窥探我的秘密，是不容易的。无论山中人都把我当作是活菩萨，不疑惑我是江湖上的一个人物，就有外省人认识我的，谁有这吃雷的胆，前来转我的念头呢……"

话犹未毕，见有一条黑影破窗而入，那人便从床上一拗而起，喝问："是谁？"

"谁"字刚才出口，柳星胆回说："是我。"那眼泪便不因不由地流下来了。

那人道："你是谁？黑夜更深，前来何事？"

柳星胆道："请太爷听刘大鹤有下情容禀。"

那人正是薛瑾，不待星胆接说下去，便微笑了一声道："足下不是在日间到寒舍来的那个游学刘先生吗？你有的是文学，还是武学？"

柳星胆道："自然是武学。日间还蒙太爷施舍我十两银子。"

薛瑾道："你是个武士，无如我是个文士，不懂得武艺，送你十两银子，也足够你回山东的路费了。"

星胆道："就因太爷是武术界中的斫轮老手，小子才敢星夜前来领教。那十两银子是太爷怜念我学成一些武艺，东飘西荡，连糊口的生机也没有，动了恻隐的心肠周济我的，哪里算是我这武艺换来的钱？"

薛瑾道："笑话，我实在是个斯文人，看不出人家的武艺，足下如何说我是武术界中的斫轮老手呢？"

星胆听罢，不由哈哈大笑三声，便向薛瑾拱手告辞。

薛瑾道："且慢！哭也是你，笑也是你，我倒要

70

问问你。"

星胆道:"我哭我的,我笑我的,我想起来好哭,说起来又好笑,与其要哭,终不如笑的好些。"

薛瑾道:"你敢是风尘潦倒,没有际会的时机?你们少年人,既有点儿本领,不愁将来不能上进,何苦抱着悲观?你既哭自家遭逢不偶,就不该转笑我两眼无瞳。"

星胆道:"我何敢笑太爷呢,只笑我这小子空吃这一夜的辛苦。"

薛瑾道:"这话不用你说,我早已明白了,只是你何苦来会我,要窥探我的秘密?你仅吃这一夜的辛苦,就算你天大的造化,你以为我真有这么呆吗?你若窥听我的秘密,也休想出这地方一步,把我的秘密向外面去胡说乱道,这岂是一件当耍的事?但我看你的气概不凡,不能用对待寻常人的手段对付你,想完全你的活命。只是你得将识破我会武艺的缘故从实告诉我,看你对我是怎样办法。"

星胆道:"小子初到府上来,人生地不熟,如何得知太爷是武术界中的天才?不过听山中人传说,那姓周的无赖,当面打你老人家一拳,你老人家是个完全斯文人,如何禁得那东西一拳呢?这层已很觉奇怪。庙堂里的土形木偶，原不是活神仙，哪有什么灵验？姓周的在赌钱场上，那些人只看见一把春秋刀在姓周的颈项上一搁，并看不见执刀的人是个什么样儿，转疑惑是武圣庙中周仓显圣结果那东西的性命。这些无稽之谈，殊属惊世骇俗，小子绝估定那是你老人家干的把戏。日间来拜访你老人家，原是出于无奈，想不着你老人家推病不出，仅送我十两盘缠，把我当作无聊文人看待。小子夜间不来窥探个究竟，好像终有些不能割舍的样子。"

薛瑾听到这里，摆着手说道："不用向下说了。"

星胆见薛瑾神色来得严厉，不由暗吃一惊。

欲知后事如何，且俟第七回再续。

第七回

鹃声鸣子夜泄漏机关
地室锁英雄安排坑堑

话说薛瑾说这话的时候，神色陡然来得严厉，倒把星胆暗暗吃了一惊，表面上仍装作行所无事的模样。

接着又见薛瑾向他的夫人问道："你看这小子说话时，字斟句酌，好像有什么马脚，怕在我面前显露出来。"

大奶奶笑道："说话时字斟句酌，正是少年人的好处。你看人家的容颜俊美，举止安详，不像似风尘中人相貌，转怕将人家收留下来，惹得阿姨看动了心，陪人家睡觉的日子还有呢！"

那少妇急向大奶奶的眉心一戳，笑起来说道：

"难道小阿奴就生成这种奴才的命？奶奶越说越不像话了。"

薛瑾才开颜笑道："你们常是这样胡闹，眼睛里太没有主子。"说至此，便来盘问星胆的家世。

星胆道："我父亲讳伯屏，曾中过一榜，父亲去世时，小子才十三岁。只因小子生性好武，不肯读书，母亲就为这事气出病来，不上三年，便弃养了。我又不善经营家计，东飘西荡，沦落江湖，靠着这两个拳头卖几个钱，这种仰面求人的生活，也过得厌了。但是不去仰面求人，又穷得没饭吃、没衣穿。唉！天生我这副铜筋铁骨，竟落魄到这样地步，我细想起来，怎不苦恼？"

薛瑾笑道："你的本领我已领教过了，并非我夸说你的本领高强，实在看出你的心思细密，满心想收留你做个帮手，你肯随从我的心愿，凡我秘密不宣的事，你都得预闻。只是你还有什么话对我说？"

星胆道："看你老人家有什么话对我说。"

薛瑾道："我夫妇两人的年纪，合起来有百岁了，就是这姨娘，也不曾生育过，膝下一个儿子、一个女儿也没有，我虽有这偌大的家财、过人的本领，死了都不免做饿鬼的。我看你的才能合中我的心意，打算就认你做儿子，你的意思怎样？"

星胆听罢，正应得师父临行的话了，不由破涕一笑，扑地翻倒虎躯，跪在薛瑾夫妇面前，唤着一声爹娘，又向那少妇低唤了一声姨娘，方才起身站定。

薛瑾道："我这时精神未能完全恢复健康，等我的病势痊好了，还给你成立家室。"

星胆道："阿爹贵体欠安，也该请个大夫医治。"

薛瑾道："用不着，再将息儿天就好了。"说着，即唤来一个丫鬟，开来一桌夜饭。

星胆看薛瑾吃饭时神气从容，不像有病人的样子。饭吃完了，薛瑾向那丫鬟吩咐几句，那丫鬟导着薛瑾，到前厅地方安歇。

星胆等丫鬟去了，关了门，和衣睡在床上，翻来覆去，只有些睡不着。忽地丫鬟前来叫门，说："太太叫小主人到太爷房间里去呢！"

星胆只得开了门，随从那丫鬟出来，走到薛瑾房里，看大奶奶同那姨娘都侍坐床沿。

薛瑾睁开眼珠，指手画脚地说道："你又来胡闹干什么？你就将我的命追了去，待怎么样？你能追取我师父的性命，你就是个雄鬼，我只笑你柳海峰没有这胆量呀。"

说完这话，即蒙蒙眬眬地睡去，忽然惊醒过来，皱起脑袋，像有什么痛苦不能强受的样子，当向星胆望了望道："好儿子，你在这地方吗？我直到今夜才收留你，你总算我的儿子，看来我这条老命真算得水上浮鸥、山顶残雪，不久在人世间了。我直到这时，自己才明白。"

　　星胆流泪道："阿爹为何说这样话？有病快请大夫医治便了。"

　　薛瑾道："我的病如今已不是大夫所能挽救的了。记得在七日以前那一夜，来了个年轻女子，望门投止，到我家里来借宿。只怪我不该设成圈套，欲蹂躏人家女子的贞操。那女子的本领也很厉害，纵然我从和尚练习这身的罩功，那女子不知我的罩门在什么地方，就在她的剑光飞到我顶梁时候，咯的一声响，虽没有结果我的性命，我这天灵盖登时疼得几乎破裂开来。虽然你姨娘抱着奋勇，冷不防夺了那女子手中的剑，就被我擒获了，将她关锁起来，但从此便觉精神恍惚，神志时昏时醒，一合上眼，便见有个厉鬼向我索命。不过顶梁上的痛苦好像一天一天地好起来。前天叫这姨娘去探视那女子的口风，才知她是山西方继武的女儿方璇姑。

"我本来看方璇姑使得这样好的剑法，勾动我怜才的心肠，就想将她降服下来，无如她的性格奇得很，宁死也不肯降服我，这算是我糊涂。到了这种生死关头，放她终为后患，不若就在今夜将她结果了，才泄去我的心头之恨。"

星胆听罢，早沉吟了一会儿，便向薛瑾回道："阿爹且请放心，意外的变故是不会有的。"

薛瑾不待他接说下去，早哼了一声道："你以为还说假话吗？方才在蒙眬时候，又梦见我先父对我哭泣，说我剑伤一发，明年今日，就是我的周年期了。醒来觉得这顶梁上如刀劈的一般，比什么疼痛都难受。剑伤一发，我的天禄看要尽了。"

大奶奶同二姨娘坐在床沿，听薛瑾说到这里，早向薛瑾顶梁上一望，都流下眼泪来。

原来薛瑾天灵盖上暴起一路青伤，这伤势像由里面才发出来的样子。

接着薛瑾又向星胆说道："你是我的好儿子，要知你的母亲、你的姨娘，也练得全身的罩功，不过我的罩门在脐心间，你母亲的罩门在右鼻孔里，你这姨娘的罩门在左胁下，就只这点儿分别。在我们练过罩功的人，周身比铜铁还坚硬，性命就存系在罩门的地方。方璇姑不知我的罩门所在，剑光着在我天灵盖上，在七日的时期，便伤害我的性命，这丫头的手段太毒辣了，我在这伤势未发的时候，原不用真个要处死她的性命。如今我的性命算是伤在她手里了，留她终为你们的后患，不扑杀了她，我死在九泉，也不能瞑目。且使你姨娘前去，快将她押到这地方来，好惩治她的死命。"

星胆听到这里，不知要怎样才好，越是心急，越没有个善全的法子。看二姨娘领命去了，心想：他们的罩门，不由他们亲口说出来了，我这时要想下手，非有了机会，给他们个冷不防，他们怕要防备到这一招。我师父曾说青锋、秋月碰了面，才是我报雪大仇的时候，可见青锋、秋月没有碰面，若不伤害他们罩门所在，绝不能在立刻间了结他们的性命，事情就有些棘手了。我在三年前，不知那柄秋月剑是被我师父送给了什么人，直到我下山时候，才猜定师父已将秋月剑传给我世妹方璇姑了。璇姑身有大难，师父曾说非我前去不能挽救的话，我这时若不能救出璇姑，又不知空岩的罩门是在哪里，青锋、秋月没有碰面，如何有报雪大仇的希望呢？

星胆胡思乱想了一阵，就因亲仇未报，看璇姑的性命，又迫急到眼前了，不禁泪下如雨，更忍不住，简直放声痛哭。

薛瑾看他这伤心样子，却误会了，以为他一时触动知遇之感，听说我死期将近，竟伤痛到这样地步，当面又夸说他比人家亲生的儿子还好。

就在这时候，忽然门帘开放，二姨娘已将方璇姑押进来了。星胆看璇姑铁锁锒铛，瘦得脱了一个形，两眼紧闭着，眼泡下泪痕如渍，表示她这可怜的美人儿刚才饮泣过来的样子。星胆看到这里，一颗心差不多被刀子刺碎了。及见二姨娘向前禀过，专等薛瑾令下发落，星胆到了这时，那颗心已像被小刀子刺得寸裂。

忽然璇姑睁开眼来，同星胆眼光一接触，不由吐出很凄婉的声音说："世兄，你不是柳……柳……柳……"

星胆流泪道："刘什么？你是在哪里认识我的？"

床上的薛瑾听了，忙挥手叫大奶奶："快将这姓柳的绑起来！"

星胆一听不好，早从身边取出那柄剑来，喝声："着！"

但见房中闪出一道金光，那剑便伸有三尺来长，剑光上站立一个剑叟，手里也执着一柄宝剑。大奶奶看剑光着处，一句哎呀没叫出口，倒毙在地下，右鼻孔里乱射出许多的鲜血来。二姨娘站在旁边，转露出害怕的样子。

星胆收了剑光，早背着璇姑破窗而出，一转身，已上了屋顶。

薛瑾便向二姨娘急道："这绝是柳海峰的儿子，冒充山东刘大鹤，投到我家中来，想乘机报复父仇，救出他的世妹方璇姑。我这时才明白，不会是第二个姓柳的。只恨我顶梁上痛得厉害，你去将他们追得回来，在这里怕些什么？"

二姨娘听了，才早穿出房外，一闪身，已上了屋瓦，看星胆缘椽飞壁，已冲落在后院下了。其时薛家的仆婢都已闻声而来，替二姨娘壮威。

星胆落在后院，忘记贴着马甲符，背上又负着璇姑，没命向前奔跑。忽听得嗖的声响，星胆觉得左腿弯中了一锥子，原来是二姨娘放的袖箭。星胆哪里还能奔跑，早同璇姑倒仆地下，待要放剑抵抗，二姨娘已如风而至。好大的气力，将星胆反身抱起，夺了他手中的剑，揣在身边。仆婢们也都练得一身惊人的本领，齐打伙，将星胆捆绑起来，解到薛瑾房中。看薛瑾两眼张开，头上的伤痕凸起有三寸多高，口里不住叫喊。

二姨娘上前询问时，薛瑾紧执着二姨娘的手不放，说："方才又见那个厉鬼向我索命，看来我是今天的人了。"

二姨娘一面吩咐家人，仍将星胆、璇姑两人绑到那地方去，一面便向薛瑾安慰了许多宽心的话。

其时天光已亮，有许多左邻右舍，闻得薛家遭了横事，大家都赶来看视。薛瑾在这时候，口里还能讲话，不过他讲话的声音有些含糊不清了。邻舍尚听出他说："有个江洋大盗，这强盗的本领很厉害，门不开户不破地想到我家里偷东西，被我们大妇惊觉了，偷不到东西，竟伤害我们性命。及至惊动了人，强盗早逃走得无踪无迹。"薛瑾的话说完了，也就瞑目而逝。

二姨娘一面忙着报官的手续，一面准备料理薛瑾夫妇身后的事。龙山左近的人听说薛瑾夫妇竟遭此惨变，大家纷纷议论，都说："薛太爷这种慈善人家，竟没有儿子，又遭下这种送命伤身的祸，世界上还有谁人肯做一件好事？"

我且按下不表，再说星胆、璇姑被薛家的人押到什么地方去呢？

原来薛家后院门里，平地都是方石铺成的，下面有座地牢，只需把当中一块大方石撬起，走下去，是五十来层的台阶，下了台阶，再前走三十步，便到那地牢所在。外面看去，那地牢就像一所较大的猪圈，去地牢左边二十步外，上面有个碗口大的小孔，弯弯曲曲，通到那院墙上，借此透着空气。地牢里堆积许多骸骨，左边靠壁处，点着一盏油灯，中间安设着一张美人床。"美人床"三字名目很新，其实那床是铁打的，并没有什么新奇之处，只是床上铺设棉毯，绣着年轻貌美的一对儿男女妖精，赤裸裸寸丝不挂，好像在那里打架。薛家的人将星胆、璇姑两人并头用盐水浸过的麻绳捆着，外绕三道很粗壮的铁绳，捆绑得紧紧的，由薛瑾房中解到这美人床上，又取来两道很长的铁索，乂字形捆在他们身上，绕着四个床脚绑起来，各打了个铁结，便一窝蜂地跑出去了。

星胆暗暗叫苦，便向璇姑流泪问道："这是什么地方？我们是在这地方做梦啊！"

璇姑泣道："我在这地方已有七昼夜了，亏得从师父练过服气的功夫，虽然在这七昼夜点点饮食没有进口，并不觉怎样饥饿。只是我心里的痛苦，你如何知道？我一个丰肌秀骨的女孩子，竟憔悴到这个样子，还不打紧。不过想起他们两个人来，不由我不辛酸泪落。你如何也到这地方来呢？"

星胆听了，便将师父所吩咐的话，以及到薛家坡所经过的种种事情，向璇姑哭说了一遍。

璇姑也哭道："师父叫你前来救我，你知道我是为的谁人才鬼使神差地陷落在这地方的？唉！我到龙山来，不但没有救得他们两人的性命，一死也没要紧，险些被那东西蹂躏了我的贞操，就没有这张脸见我的世兄了。"

星胆掩泪问道："你是为的谁人呢？"

璇姑哇地哭道："就是为着我的哥哥、你的妹子。"

星胆道："你是怎讲？"

璇姑道："我还对你说谎话吗？师父把青锋剑传给你的时候，不是说秋月剑已另给一个人吗？师父是把秋月剑送给我的，你这时总还明白，师父那时虽没有对你明白说出这秋月剑传给了我，却对我已说明传给你青锋剑法的话。师父的意思，我这时也没有想不出的道理。师父命我到龙山来，救出你的妹子同我的哥哥。我问他们陷落在什么地方，师父说：'你到龙山，自然可以会见了他。'并说，那三个金钱，已算准薛家坡薛瑾合该死在我手，我的哥哥和你的妹子也合该救在我手。看卦爻上屡见反复，难免事实上横起波澜，你的妹子是因救我的哥哥，才陷落到这一步。师父却没有想到，我救他们两人，连会面都办不到，也陷落这一步。你因救我前来，又陷落这一步。"

星胆听到这里，不禁泪下如雨，号哭了一声道："怎么了，怎么了？这是从哪里说起？你来救我的妹子同你的哥哥，都没有会见，就只怕他们不能保全，有性命的危险。师父叫你前来，既没有对你说明他们失陷在龙山什么地方，这次叫我前来救你，也没有对我说明你所以陷落在这地方的缘故。师父说话太含糊了。"

说到这里，又不由哎呀怪叫一声道："我拟飞到哪里去了？"

欲知后事如何，且俟第八回再续。

第八回

设局诈暗赚临波仙
惹情丝虚布疑云阵

话说方璇姑忙向柳星胆慰道："事情已到这种关节，急是急不出道理来的，我的心同你是一样的苦恼。"

星胆道："我只怕师父的话断然靠不住，并且我在薛瑾房外窃听的时候，只听说山西女子方璇姑的剑法厉害，并未有片言涉及令兄、舍妹二人。不是你告诉我，我如何知道你是因救令兄、舍妹二人，才落下这种陷人坑呢？"

璇姑含泪道："我只说师父叫我到龙山来救他们二人，何尝便占定他们也陷落薛家呢？也难怪薛家没有涉及他们二人的话。我因师父先说薛家坡薛瑾合该死在我手，然后才说家兄、令妹二人合该救在我手的话。我师父话里的层次井然，虽然心急如火，却也不敢造次，只得一步一步向前做去。

"就在到薛家坡的这一天，我听得龙山人将薛瑾说得古来的孟尝君一样，转疑惑师父叫我前来锄杀好人，这是什么道理？我不探明薛瑾的行藏究竟怎样，如何肯轻下他的手？

"夜间化名到薛家来借宿，薛瑾将我请到后厅，叫他的姨太太和几个丫鬟陪我喝酒，我因那酒没有异香，料想毒药是不会有的，略吃了几杯便不吃了。那姨太还要劝我，见我满口回绝，也就罢了。

"酒饭已毕，姨太太便将我领到她的房里，凑巧有一阵风吹灭了房里的烛光，房门也关起来了，两眼看不见什么，似乎有人在黑暗中用手拉着我的左膀子，要来替我宽衣解带。我觉得那人的手皮很粗糙，比不得姨太太一双手来得娇嫩圆滑，心里暗叫不好。待要摔脱他的手，谁知那东西真是我的对头，他那一手的手势来得十分沉重，用尽平生气力，休想容易脱开。口里还央告我，要我救他的命。

"我听他的口音，才估定这胆大包天的淫徒，原来就是那万人称颂的薛瑾。我不锄杀了他，将来还不知他要造下多少业孽，破坏多少年轻女人的贞操。这时候就放出我的秋月剑来了。那时看我放出剑来，早吓得松开了手，我的剑光就着在他的头顶上，总打算这一来，便在顷刻间结果他的性命了。剑光着处，也听得咯地作响，忽觉手中麻痛了一阵，那剑光便不见了，眼前转又黑漆漆的。

"原来手中的剑已被他姨太太夺去了，就这么虎吃熊殴地被他们捆绑起来。灯光亮处，只听那东西口里叫痛，我并没有看出他顶梁上的伤痕。也合该我不受他的蹂躏，看他因一时痛得要命，便叫那姨太太带领几个丫鬟，抬着我到这里来，绑在这张床上，每日要来聒噪我一番。我想薛家的人自然是练过罩功的，不是练过罩功的人，哪有这么大的气力，夺了我的宝剑，捆缚我的身体，简直没使我再有施展的份儿。

"又想师父曾对我说这青锋、秋月两柄剑合用起来，最是罩门中人对头星，大略因这两柄剑没有碰面，所以不能立刻伤害那东西的性命。我因那姨太太可恶，口里对我说着那些腌臜的话，竟当作一本《三字经》背给我听，实在被她聒噪得厉害了，纵然心里已打算一死，眼前又不能便寻个死法，只好把我的父亲大名抬出来，总想她看在我父亲的分上，放我过去了。虽然那东西真做了我命中的魔鬼，纵没有蹂躏我的贞操，可是没有这陷人坑一步，在势又不能救出你的妹子、我的哥哥。

"虽然世兄赴汤蹈火前来救我，反使你一并被擒，如何再能挽救你的性命？你的大仇未报，令妹、家兄又不知陷落何地，我细想起来，总觉对不起人，不由得使我心里难过。但是我有几句宽心的话，师父的金钱，不是竟没有半点儿灵验的，他说看卦爻屡见反复，难免事实横起波澜，就照这两句想来，我们未尝没有出险希望。不过这种希望，像似大海里随风飘荡的一叶扁舟罢了。"

星胆呜咽道："安知我不想说这两句话安慰你的心灵？不过我看你的面庞太瘦得不成模样了，就看出你心里的刺痛，空用这两句话安慰我，自己却仍是不能安慰自己。你的面庞瘦了，我的喉咙倒肥了些，不然，为何噎塞住了，连话也说不出来呢？"

两人各自尽量流着眼泪。

忽然璇姑想起一句话来，向星胆问道："你的箭伤是怎么样了？"

星胆回道："我左腿弯里中了那贱人的袖箭，那贱人能放袖箭，不算什么稀罕。她的袖箭打在我左腿

88

弯里，能打了个漏洞，就很不容易，这还在其次。并且她放出来的袖箭还能自行收回，她的功夫不是神速到了极顶吗？看我们两人的这点儿本领，又被她夺去了青锋、秋月剑，如何还是她的对手？不过我在薛瑾房中杀了薛瑾的老婆，将你负上肩背，曾见她转然现出害怕的神气。及至追我到后院中来，又没有立刻伤害我的性命，这事我看有些奇怪。"

璇姑道："这有什么奇怪？世兄的心想太奇绝了，但世兄如何知她放出来的袖箭已收回了呢？"

星胆道："她没有收回袖箭，这箭仍在我腿弯里作怪，我现在只觉有些疼痛，便估定她的袖箭已收回了。"

两人直谈到天色傍晚时分，做了些服气功夫。到了二更向后，便进来一个丫鬟，带了包伤药，略在星胆左腿弯地方敷一些，用膏药贴起来，便匆匆走出去了。

璇姑只猜不着是什么用意，问及星胆，星胆只说："我很觉得奇怪。"

约莫到了三更向后，又有个丫鬟嘻天哈地地前来添油，说："我家姨太太还要来会你们说话呢！"说着，又匆匆走出去了。

约莫到了四更向后，又是一个丫鬟笑容满面地向璇姑道："姨太太因家主人、主母丧事忙得很，没有过来向少爷、小姐请安，小姐若不见罪，可对这位少爷说，我家姨太太很知情识趣，并非不懂人事。"

璇姑听了，真觉得很奇怪，便问那丫鬟道："薛瑾已死了吗？"

那丫鬟笑道："家主人死了，还有这位少爷呢！我羡姨太太真好福气。"

星胆道："薛瑾夫妇死了，是怎样报官的？"

那丫鬟道："姨太太已经呈报，说主人、主母被强盗杀了，这些话是主人在咽气的时候，对左右邻舍说出来的，不是姨太太出的主意。官里又来相验，邻舍又来祭吊，总说这案不容易破获。姨太太实在没有工夫前来请安，要望少爷原谅。"

说至此，挤眼色、做手势地莺莺呖呖，唤了声柳少爷道："以后要烦少爷在姨太太面前提一句，就说芸香这丫头还伶俐，小奴就感恩不尽。"说完了，向星胆回眸一笑，便姗姗走出门去。

璇姑等芸香已去远了，便望星胆问道："你听见了吗？"

星胆道："我听见了，你心里总该有些明白。"

璇姑瓠犀微露，冷冷地笑道："自然是明白了，恭喜你要娶得个老婆，总该请我吃杯喜酒。"

星胆流着泪，低声急道："你简直把我当作个猪狗，我是什么人，你也该明白。你的心眼儿，我没有想不出的。师父对你说了什么话，你也该记得。"

璇姑笑道："一个明白，两个记得，你不要起誓，如果你请我吃这杯喜酒，要晓得我的牙齿厉害，须咬下你薄情人的心头肉来。"

星胆又急道："这真要急死人了，难道我的心你没有看见？我若辜负你，自有乌鸦黄犬把我拖去充饥，这肉却不需世妹咬得。你空是这样逼我，你还有什么人心？"

璇姑道："我是同你讲的玩话，看你头上的青筋都急得暴起来了，我相信你的心对我不错。我们讲正经，我听你向我说过，你在薛瑾房中，薛瑾的老婆曾对薛瑾打趣他这位姨娘，说你的容颜俊美，要惹得阿姨看着动了心，陪人家睡觉的日子还有呢。照这话推测起来，就看出这位姨太太是喜欢吊着你们少年男人的膀子。"

星胆道："你不要瞎吃醋，听凭我将计就计，出了这种地方，能够把青锋、秋月两柄剑骗到了手，就是你我的造化。好在你明白我的心是拿得定，便是你在当初受师父的命令，把我关在你房里，试验我的心情，我宁死不肯自误误人，干下什么风流无耻的事。现在我们绑在这种地方，青锋、秋月剑又不在身边，既无从救得令兄、舍妹，又不能报雪我父亲的冤仇，除了一死，更没有旁的办法。难得死棋腹中显出这个仙着，总算师父的话不错，令兄、舍妹两人想是还没有死，说不定将来也许救脱在你手，有得我报雪父仇，娶你做老婆的时候。"

璇姑听他的话，红着脸不说什么，两个眼珠只顾愣愣地望着他。

星胆因璇姑已困锁在这地方八昼夜了，看她容颜憔悴，已知她心中的酸辛，不幸自家又失陷到这地方来。同她谈说了一对时，彼此都交换许多安慰心灵的话，如今芸香又传来这种消息，想她一颗芳心如同冬天的寒夜冰，被风一吹，吹得渐渐松活了。想到其间，也不禁闪起滴溜溜圆彪彪的眼珠，在她面庞上滚转。各自发了一会儿愣，同时又流下许多的热泪，这种眼泪的滋味究竟是甜是苦，连他们自己都分辨不来。

在他们的心里，总希望那个姨太太马上就要来了，谁知挨到天明，不但姨太太没有前来，连那个丫鬟也不曾来传送消息。他们两人一个盼断钗光，一个望穿秋水，转怕那姨太太中途发生变卦，都有些提心吊胆起来。

这一天工夫，实在不容易延挨过去，璇姑眶中的泪直湿透星胆的衣领，星胆泪中的血直染红璇姑的青发。

到了夜间，油灯要熄灭了，也没有人前来添油送火，只是星胆在腿弯里的箭伤，自从敷过伤药之后，有些热痒，半点儿也不痛了。但心中的酸苦，比那时未曾敷药的箭伤还要加倍痛楚。

约莫到了夜半时间，才有个丫鬟前来添油，亮起灯火，取了包果品，喂哺他们几口。正要出去，星胆即将那丫鬟唤住，问道："姨太太的话，可算数不算数呢？我们身上实在束缚得不堪了，终日是这样不生不死的，实在摘不开我们两条苦肠子。千万求姐姐在姨太太面前说一声，倘有好处，绝不忘姐姐的大德。要晓得，我们不是过了河就拆桥的。"

那丫鬟回道："且等姨太太腾开工夫，自然来会你们，求我有何用处？"说着，便姗姗走出去了。

似这么过了十天工夫，虽每夜必有个丫鬟前来周旋，总说姨太太没有工夫前来，旁的话姨太太没有对她们说，她们也就无从知道。唯有那芸香不曾前来。星胆、璇姑二人心里都像十五个吊桶打水，只顾七上八下颠个不住。

这夜，约莫才到了初更时分，即听得履声橐橐，猛地走进一个丫鬟，手里拎着灯笼，有半截大烛插在里面，烛光闪闪烁烁，照得星胆、璇姑两人眩睛耀目。

那丫鬟进门，便说："姨太太来了！"

果见芸香拥着姨太太进来。星胆把两个眼珠只顾向那姨太太瞅望。那姨太太穿着浑身缟素，面上带着笑容，同星胆、璇姑两人各打了个照面，轻啭莺喉说："芸香还不将少爷、小姐外面的刑绑解去，这还了得？"

芸香连声答应，便同那个丫鬟一齐动手，给他们解去外面一道一道的刑绑。那铁索银铐，叠在屋外，有四尺来高。

姨太太这时候，忽地挥手，吩咐芸香等退出去，用手在星胆、璇姑身上摸了下，他们身上绑的盐浸的麻绳立刻解裂开来，遂将星胆、璇姑扶在床上坐定，低声下气地向星胆笑道："我得罪少爷，回想起来，使我抱歉得很，料想少爷是个汉子，绝不惦记我们妇女的前仇。"

星胆听她的话，竟不知应如何回答才好。

姨太太又笑道："委屈了少爷，我到这里谢罪，少爷若怪我唐突，我不能不向少爷说个明白。我在十六岁，也能写得一笔好字，吟得几句好诗，被亲生的父母贪图二千两银子的身价，写了一纸卖身字，将我卖到薛家做妾。我那时如同初开一朵鲜花，女孩儿的心思，总打算嫁人要嫁个年貌相当的人物，一双两好，做个结发夫妻。薛瑾的年纪比我父亲还大得几岁，又是花钱买我这异乡女子做姨太太，我如何愿意？但有什么方法，能赎回这个卖身字呢？还打算薛瑾有那样的好名气，拿言语打动他慈善心肠，总该他成全我了。谁知那东西是江湖上独行的大盗，表面上做人很是光明磊落，暗地里什么奸淫不法的事都干得出。我虽在他这里八年，得这点儿的本领，但他平日积威之渐，叫我这样，不敢说是那样，我受他挟制也挟制得够了。可怜我这个好好人儿，直被他弄得人不像人，鬼不像鬼。

"那夜我见了少爷，不知怎的，我的心已不在腔子里了，即如少爷结果薛瑾的老婆，我那时要下你的手，无论如何，少爷是逃不了的。却转现出害怕的神气，直待少爷跑到后院，我受薛瑾的逼迫，才追得前来，仅使少爷腿上受了点儿微伤，将少爷绑到房里，少爷就该明白我的苦心。不开脱少爷的生路，我总觉对不起你；要开脱少爷的生路，我还怕终逃不了薛瑾的手。难得薛瑾已死，总算我与少爷有缘，素仰少爷旷达，谅不以微贱见轻。"

星胆耳朵里，模模糊糊透入这几句话，却不慌不忙，准备想出要求的话。

欲知星胆如何报雪父仇，且俟九回书中再续。

第九回

孽报循环痴娘迷色网
花枝招展和尚陷情关

话说姨太太看柳星胆低首沉吟，一时没有回答，不禁又笑起来说道："少爷不理我，难道还有什么隐情吗？哦！我明白了，方老英雄和令尊太爷是很相好的生死朋友，你们这相亲相爱的世兄妹，分明患难相共，祸福相同，贴肉沾身，多少总该有些缘分。偏生要走出我这个人来，硬拆散你们比翼鸳鸯，叫我心问口，口问心，如何对得住少爷呢？那么我只愿侍奉小姐的妆台，少爷总该许我了。我得再嫁少爷做妾，不强似陪侍那个混账老乌龟，想他那一嘴的胡子，才吓死人呢。唉！反正我是生就奴才的命，这如何能勉强少爷呢？方小姐是少爷的至好，我须得依然成全你们这段良缘。"

璇姑在旁听了，不由晕红双颊。

姨太太忽向她望了眼，重又满脸生春地笑道："看小姐头上的丝发，不是少爷眼中血泪染红的吗？少爷这样多情种子，我不愿再嫁少爷做妾，更愿再嫁谁呢？哎呀呀！少爷为什么流泪哭起来了？敢莫是父仇未报，惹得少爷心里阵阵酸刺起来？少爷哪里知道，你的仇人早揣在我怀里了。"

星胆含泪讶道："姨太太怎说我的仇人揣在你怀里呢？"

姨太太笑道："你这声姨太太叫出了口，比那夜双膝跪在我面前，亲亲热热叫我一声姨娘还受用些。是你承认我做你姨太太了？"

星胆挥涕回道："承你的情义不薄，并且你这好模样儿，哪一件配不上我？休说要我承认你是姨太太，便把我这姨太太香花供养起来，这都由我姓柳的前世修来的造化。只请姨太太且说出我杀父仇人怎么揣在你的怀里。"

姨太太问道："你父亲的仇人是不是空岩和尚呢？"

星胆点头应道："是。"

姨太太道："看他这粗麻线，怎逃出我的针关？老实说几句，你若不肯收我做姨太太，你这一辈子也休想有报雪父仇的时候。不但不能报雪父仇，你从什么地方找到那个空岩和尚呢？我告诉你，山那边有座玉龙寺，寺里只有四个和尚，唤作唯静、唯精、唯一、唯智，都是空岩和尚的法兄弟。那里面设有许多的油线机关，空岩和尚在日间时候，没有出过隧道一步，就是夜间化装出来，他装的花样儿，每夜不同，你又不认识他，从什么地方得寻见他？有多大的本领，能报雪他的冤仇？并且山中人知道玉龙寺曾有个唯空和尚，在二十年前已示寂了。知道唯空和尚就是空岩和尚的人很少，知道二十年前唯空和尚示寂是假的人更少。就因唯静四人的剃发师唤作悟岩，他们在隧道下，从唯空练习罩门的功夫，不敢同唯空法兄弟相称，因悟岩已死了，就将唯空抬举起来，送他个法号，唤作空岩，见面都称师父。他们罩门中的和尚，虽然饮水思源，实则也算数典忘祖。唯静的罩门在左耳孔里，唯精的罩门在右耳孔里，唯一的罩门在舌尖下，唯智的罩门在粪门里，空岩的罩门在左脚三四个小指中间。

"空岩在三年前，把令尊的人头藏在弥勒佛神龛里，被人盗劫去，还到黟山、太原、阴平那三处地方去过好几次，你没有遭了和尚的手，总算你的造化。若要报他的仇，你不同我商量，任你有冲天的本领，你不能说随便杀个和尚，就算给你父亲报过仇了。

"说起空岩，也是我的师父，自从薛瑾夫妇死了，每到夜间，我常想来会少爷谈话，实在官里有报案验尸的手续，家里又忙着薛瑾夫妇身后的事。直待昨夜，才抽出点儿工夫来，想来会少爷了，偏巧那个空岩和尚迟一天不来，早一天不来，就在我要来会少爷的时候，夜半三更，化装混进我的卧房，欺我是个未亡人，嬉皮涎脸，要同我胡调一阵。这样人头畜生心的贼秃，我还承认他是个师父？"

说着，便向星胆、璇姑两人低声又说了一阵，说："只需如此如此，你看空岩和尚的性命，不是揣在我的怀里？"

旋说话旋取出两柄小剑来，又说："我昨夜听和尚说，有秋月、青锋两柄阴阳剑，阴剑名为秋月，阳剑名为青锋，是当年李青锋、梁秋月夫妇两人用尽四十五年心力，还没有将这两柄阴阳剑造成了功，青锋、秋月便以身殉剑。这两柄剑虽小，若是合用起来，阴剑的剑光中站立一个剑婆，阳剑的剑光中站立一个剑叟，剑婆、剑叟手里所提的剑，同那剑的形式大小全无两样，不拘你练得多大的罩功，若遇着会用这两柄剑的人，剑光着处，要想逃脱性命，就很不容易。若阴阳两柄剑只有一柄，青锋、秋月这一对儿铁血鸳鸯没有碰面，就不若两柄剑合用时来得厉害。但罩功较浅的人，剑光着处，临时虽没有怎样危险，不出一来复时期，剑伤暴发，再休想全活性命。又说这两柄剑现在不知落在谁人手里，我想老薛在七日以前对我说是有病，他的老婆又在前夜被强盗刺杀了，怕是伤在那一柄剑光之下，也未可知。

空岩在昨夜说过这样话，我才想到这两柄剑，果不出他的所料，这是一柄青锋，这是一柄秋月，大略青锋、秋月碰了面，也同人家久经拆散的同命鸳鸯忽然聚首，自然精神为之一旺。在那未曾聚首时候，各怀仳离之叹，它们的神气不由有些顿挫下来。这个比喻，虽是说的笑话，其中也许含有颠扑不破的道理。这两柄剑先后落在我的手里，也会暗暗拿出来使用一番，依然还是三寸来长的两柄小剑，便想到你们会使这两柄剑，才能得心应手，神乎其用，若在我手中使用起来，真像似两块顽铁。这两柄剑若依然还给你们，空岩在今夜三更以后，到我房里来参欢喜禅，我怕他是做的大梦呢！"

星胆道："照你这样讲起来，你是没有半点儿心在他身上了？"

姨太太笑道："我若有半点儿心在他身上，昨夜就该顺从了他，何必约他今夜三更后才来？我也不用对少爷说这些话了。"

星胆道："你既没有半点儿心在他身上，这青锋、秋月剑总该交给我们了。你既不交给我们，不怕我们在你手里夺回来吗？"

姨太太笑道："我不将这两柄剑还给少爷、小姐，要想在我手里夺回，少爷当明白是很不容易的了。我取出这两柄剑来，总算是还给少爷、小姐的，但是我要等少爷一句回话。"

星胆暗想：这姨太太也很厉害，硬要我发誓给她听，难道我真娶这样淫荡无耻的女子做我的姨太太吗？想到其间，双珠一转，便向姨太太道："我柳星胆若不承认你是个姨太太，将来叫我死无葬身之地。"

姨太太却弄错了，以为柳星胆已经发誓，认她做姨太太了，很喜欢地将青锋剑交给星胆，秋月剑交给璇姑。

两人藏了宝剑，星胆又向那姨太太问道："在方小姐未到龙山十日以前，可有两个异乡人，是怎样的面貌、多大的年龄，先后投到薛家来吗？"

姨太太回道："那时候有异乡人前来告帮的很多，没听说有这两个人，叫我何从知道？"

星胆便不再问下去，觉得左腿弯伤处已能转动自由了，青锋、秋月两柄剑已经珠还合浦了，如何还敢延误，便同璇姑站起身来，依着那姨太太的计划做去，一齐出了地道。

姨太太陪着璇姑洗过了澡，星胆也洗浴一番，各人都喝了些参汤，星胆、璇姑换了衣装，专等三更向后，相机行事。这时是五月上旬天气，半边月亮射得庭中如积水空明。已将近三更了，薛家的前后门都关得紧紧的，那姨太太带着芸香，回到房里，脱去浑身的缟素，在那里穿红着彩，抹嘴描眉，头上戴了些花，身上熏了些香，指上换套起八宝戒指，脚上换过凤嘴绣鞋。又把芸香那丫鬟打扮得袅袅婷婷，叫她理过莺莺睡过的床，换过红娘枕过的枕。

太太唤了声："秋菊、秋桂！"

这声才了，即见秋桂、秋菊两个丫鬟应声而来。那个秋菊年纪在二十三四，分明黛眉敛怨，渌光凝愁，颧红双颊，而在这灯烛光辉之下，竟若朝日之映芙蓉。两只天然足，虽然没有经过包裹，但亭亭玉立在姨太太面前，低头不语，忧怨之容，使姨太太看了心动，恨不能向她低唤着一声情郎。那个秋桂，年纪在二十一二，生得天然玉质，摈绝铅华，病态恹恹，愁容冰瘦，像天仙化人一般。姨太太看动了心，恨不能自己化成一个男子，向她低唤一声情妹。

秋菊同秋桂并站在姨太太面前，见姨太太没有话说，秋菊便轻绽朱唇，低唤了声："姨太太唤我们前来干什么？"

姨太太笑道："足见你们是新来的，不懂得礼节。没有干什么，停会儿你们要依我的吩咐，我说一句，你们要听一句，我不叫你们前来，你们就不能来，违拗我的话，可不用怪我。"

秋桂道："我们一生的造化，都要姨太太成全，敢违拗姨太太吩咐，我们有几个头够杀？"

姨太太说了声："再见！"

秋桂、秋菊便联袂而出。

约隔了两刻时辰，忽听得门外有些风响，姨太太叫芸香在对面搬过一张椅子，便睒起两个水盈盈的眼珠，向房外盼望着。就见凭空飘进个年纪在五十开外的老秀才来，头上戴着草帽，鼻上架着眼镜，口边分着一部八字胡须，葛衣高履，手里摇着一把羽扇，背后拖着一条豚尾，笑容满面，对面一把椅子上坐下。姨太太向他一笑，对着镜子，拈了块胭脂，在唇上点了又点，才慢腾腾地向秀才跪拜下去，唤了声："老师恭喜，怎不到天明才来呢？"

那秀才将她扶起，翘起八字胡子，口里喷出一股臭气，说："我今天来得不迟呀！多谢你唤我一声老师。"

姨太太笑道："不称老师称什么呢？"

秀才笑道："这个老师的称呼，请你收拾起来吧。你约我前来，今夜便算我的姨太太了。如此称呼，非所敢当，还当对姨太太叩头申缴。"

姨太太伸手向那秀才眉心间一戳，说："我约你今天来吃酒的，你又说什么来？"

那秀才早把个头歪到姨太太颈项旁边，笑嘻嘻地说道："你做我的姨太太，我有甚委屈你？"

姨太太鼓起两个红腮颊，总是憨憨地痴笑，说："你们这些人，真是奇怪极了，怎的对着我，要娶我做姨太太？倘若我是个男子呢？"

那秀才笑道："你是个男子，我要你做我什么姨太太？看你可是个男子？"

姨太太笑道："假如薛瑾没有死，你也认我做姨太太吗？"

那秀才道："如果薛瑾尚在，那就不必讲了。"

姨太太向芸香说道："你去开席酒来，叫秋菊、秋桂两个丫鬟站在门外，听我呼唤。"

芸香便领命去了。

那秀才看姨太太这种憨媚的神情，不由有些神迷意荡，又打趣着向姨太太笑道："我这时有件要紧的事，请你就答应我。"

姨太太扭头笑道："你说，叫我就答应你什么事儿？就是我做你姨太太，也该吃几杯合欢酒，难道这个规矩你也不懂？"

正说到这里，那秀才忽听门外有些脚步声响，不由摔脱了姨太太的手，竖目而视，侧耳而听。

姨太太忙拉住他道："坐下来，这是两个丫鬟站在门外，听候呼唤，用得着这样大惊小怪的？"

那秀才道："既是两个丫鬟，就唤进来。"

姨太太笑道："呆瓜，你要把丫鬟唤进来，四人八目，我们怎好谈几句体己话儿？"

那秀才只笑得前仰后合，说："我们男子汉，转不若你们女孩儿心思细密。你会唱曲子吗？且唱个

《四季相思》给我听。"

姨太太笑道:"曲子我不会唱,就唱也唱不上口,我来讲几句笑话你听,比你听着曲子开心。"

那秀才笑道:"你有什么笑话?你说!"

姨太太才开口,便扑哧地一笑。

那秀才道:"说笑话要板着脸说才有趣,你自己先笑了,能说出什么好话儿来?"

姨太太才冷着面孔说道:"某山有个老和尚,戒律极严,向来不许他的徒弟嫖娼宿妓。

"有个小徒弟,年纪才十二岁,和尚打发他下山去一次,小和尚回来,老和尚问道:'你在山下看什么东西最可爱?'

"小和尚回道:'那个脸上搽着粉,头上戴着花,唇红猩猩的,眼醉迷迷的,腿瘦生生的,手嫩纤纤的,那个才可爱呢!'

"老和尚说了声:'孽障!'

"小和尚又道:'我看那人两个小脚,也同师父房里的女人是一样的。'"

说完这话,那秀才不由大笑起来。姨太太也笑得两手比腰,把身子弯得像倒转蜻蜓相似,说:"笑话和尚也会有女人的,和尚有女人,已是笑话,和尚要娶姨太太，并要娶徒弟的太太，这不是从古未有的大笑话吗？"

那秀才笑道："我有个笑话，并非是我穿肠挖肚撰出来的，就是眼前的实事。我的大徒弟唯静，他有个姐夫，是个道士，会说得几句大话，带着闷香，到处骗混修行学道人的金钱。遇着有点儿姿色的女子，他有这本领，能将这女子骗拐贩卖，填补他的腰包。两月前唯静托他这姐夫骗个好女子做老婆，事成送他五十两金子，女子也骗到玉龙寺了，五十两金子已兑付过了，道士又到别处去骗化了。唯静看这女子生得漂亮，昏糊不醒，像似一朵睡海棠般，五十两金子身价，算是个便宜货，欢天喜地，将女子抬进隧道，参欢喜禅。你知道那女子是个什么人呢？"

欲知后事如何，且俟第十回再续。

第十回

进美酒妙使鸩人心
巧报仇合用阴阳剑

话说那秀才板板六十四地向姨太太问道:"你知道女子是什么人?"

姨太太笑道:"女子总该是个女子。"

那秀才从鼻孔里哼了声道:"是女子还有什么笑话可说呢? 哪知他是个男子。唯静要他这雄媳妇干什么来,便等他醒过来时候,盘问他的来历。谁知他还是太原方继武的儿子方光燮。唯静被他姐夫骗去了五十两金子没打紧,把个方光燮带进这地方来,左思右想,没有摆布,却惹得方光燮怒恼起来,使起性子,同唯静交过两手,被唯静打败了,转来请示我,问将这方光燮如何摆布。我同方继武向来井水不犯河水,彼此很有点儿情面，只得先将方光燮软困起来，慢慢威逼他做我徒弟，将来我总算添个帮手。"

姨太太听了，心里略有些惊讶，表面上仍装作行所无事的模样，向那秀才说道："这也没有什么好笑。"

那秀才道："还有个笑话在后头呢。唯静闹出那件趣事，被他三个师弟嘲笑得他几乎要流下泪来，谁知隔不上十日，又闹出一桩趣事。本来在那夜三更时候，有个少年男子，门不开、户不破地到玉龙寺来，唯静看他双瞳点水，颊如苹果红，走路总是右脚向前，左脚向后，说话的声音很是低微婉转，早看出那男子是个女子了。就喜得周身四万八千毛孔，根根毛孔都钻出个快活来，推说那男子是前来做贼，必是偷了什么，揣在怀里，要那男子脱去身上衣服搜一搜。那男子如果是个男子，倒也没有要紧，实在是个女子，这衣服如何能脱给个陌生的和尚，随便在她身上搜检东西？三言两语，各不相容，彼此交手起来。女子的本领也说得过去，哪里是唯静的对手，被唯静用个点水蜻蜓式，点中她的胳膊，容容易易绑入隧道中去，打算将这女子降服下来，便算是他的女人了。谁知这女子说出来历，又是方继武的义女，方光燮的义妹。我想方继武不是够不上做朋友的，他没有得罪我，我的徒弟同他的义女吵乱起来，原没有什么关系，只怪唯静要逼着她做女人，这却怪唯静不是。缚虎容易放虎难，要想两全，只好也将方继武的义女软困起来，慢慢威逼她做我徒弟，将来总算我又添个帮手。"

秀才刚说到这里，姨太太仔细听得门外叽里咕噜说："妹妹，你听见吗？"

不过这声音很低微，姨太太怕秀才察觉了，佯咳了一声，逗着秀才说笑，说："我要吐你一脸唾沫。"

那秀才笑道："你不要瞎疑心，在我面前吃醋。我若同女子有了交涉，今夜也不到你这里来了。不过我这笑话，不及你那个来得有趣，倒是两件实事。"

姨太太听门外静寂无声，心里暗暗说了声好险好险。彼此又谑笑了一阵，芸香开上酒席来。

那秀才道："怪热的天气，谁耐烦吃这些东西呢？"旋说旋卸去眼镜，脱去草帽，除去一条假辫子，露出那个圆鼓鼓的和尚头，顶梁上现出三行十二个戒疤来。

芸香取过毡毯，姨太太便袅袅婷婷跪拜下去，说了声："老爷恭喜！"起身满斟了一杯酒，自己先呷了一口，然后送到那和尚面前，向芸香努一努嘴。

芸香知是支开她的意思，抿着嘴笑出门去。

和尚接过那半杯酒，一吸而尽，说："我领你的情。"

姨太太又斟了一杯，说："请老爷吃个双杯。"

和尚道："自然要成双的。"

又接过那杯酒一饮而尽。

两人对酌多时，和尚看姨太太眉目间春情洋溢，脸上一朵朵桃花泛将起来，便向姨太太笑道："吃酒本应够量就好，要吃多了，有什么趣味？怪热的天气，谁耐烦吃这些酒呢？"

姨太太笑了笑，说："你的酒量也太小了。"

和尚笑道："不是我的酒量太小，吃这寡酒，我不快活。你不会唱曲子，你能唱一出曲子，我就吃一杯酒。"

姨太太笑道："不是对你说过，曲子我不会唱，就唱也唱不上口，我吟一首诗你听，包你听了开心。"

和尚道："你先唱一出曲子，我吃五杯酒；再吟一首诗，我吃五杯酒。"

姨太太笑道："我唱得不好，要你包涵。"

说着，即命芸香添酒。姨太太便清啭莺喉唱道：

红娘去上香，香头落到香几上，回头只一
　望，直道是张秀才，原来是法聪和尚。

　　和尚听她这声音如同吹着笛子一般，悠扬婉转，
没有一字吐完以后，没有些余音，不由掀髯笑道：
"这个乐子你唱得绝了，还说唱不上口。你再唱个
我听。"

　　姨太太笑道："不行不行。"

　　和尚笑道："我听你唱的声音比什么都写意，这
酒就容易干下去了。你唱一出曲子，我吃五杯酒，唱
十个，我吃五十杯，快取大杯来斟酒我吃。"

　　姨太太接连斟过五杯酒，看和尚吃完了，便又
唱道：

　　香珠进酒浆，酒杯递到酒口上，抬头只一
　望，直道是薛秀才，原来是空岩和尚。

　　空岩和尚狂笑道："这个乐子改唱得更好，那是
当日的虚言，这是眼前的实事。我吃五杯酒，你再吟
首诗。我听你的诗，当然比乐子更来得好。"

和尚又吃了五杯酒，姨太太香珠牙根轻度吟道：

赤羽金戈十万兵，指挥如意听钗裙。

肩挑不动黄金铠，着体浑如雾裕轻。

和尚又吃了五杯酒，笑道："你吟的这首诗，抑扬高下，圆转自如，声声金玉，字字珠玑，值得我满饮五杯酒。只是你诗中的口气，眼前太没有我这和尚了，你以为我一个人，足抵得赤羽金戈十万雄兵，能听你指挥如意，寻常人肩挑不动黄金铠，能有多么重，着体浑如雾裕轻，这算什么难事？你想旋弄我于股掌之上吗？老实对你讲，我一个人足能抵得百万雄兵，你在我跟前练习过罩功，总该知道我的本领，你敢当面对我夸说大话？"

姨太太香珠听了，鼓起小腮颊，把两个耳朵掩起来，说："我不该吟诗给你听，我不该吟诗给你听，人家随便吟一首诗，惹你吐出这口黑墨水来。"

和尚忙赔笑道："我说的是玩话，你怎么认真？若说我的本领，总算天不怕地不怕的了。"

香珠摇头道："不要说这大话骗人了，你也怕那两柄秋月、青锋剑。"

和尚笑道："你这是说到哪里去了？我讲个比喻你听，假使你我都没有练习罩功，我们动起手来，你手中的剑纵然再厉害些，我身边便毫无寸铁，只是我这身法太快了，你的宝剑如何能够伤害我？这是讲的个比喻。若说那两柄青锋、秋月剑，总该是我们罩门中人的对头了，但我是不怕的，就因这青锋、秋月两道剑光放出来，我有了防备，就在那剑光放出来刹那间，已不见我的踪迹所在，你想我这身法快不快？纵有青锋、秋月两柄剑合用起来，能怎样奈何我？我的身法迅快，你是亲眼看见过的，可不是我吹的空气。"

　　姨太太笑道："你同唯静大师兄师徒推手，我看见多少次，论你们师徒的罩功，若不伤及罩门地方，谁也不能伤谁，不过你们要在这推手里面练习身法手法。记得有一次，你们师徒在快活厅中推手，唯静步步向前进，你步步向后退，唯静猛地一个独手擒方腊的手法，来得好快，打算这一手要将你拿住了，却扑了个空，我们看的人目也不瞬，不知你怎么样地已闪到唯静的身后了。唯静转身同你打个照面，你只是向他微笑。唯静再伸手去拿你，你一步一步向前进，他仍是一步一步向后退，直退到庭柱地方，不好再向后退了。唯静早用合手为拿的架势，我们看他似乎将你

115

拥抱住了，再看唯静双手抱着庭柱，不知怎的，你又闪到唯静的背后了。"

空岩听了笑道："你看过这一次，就说我的身法是怎样迅快，我告你一回事，有一天，我要看唯精的手法怎样，唯精使的是流星锤，我说：'你能将这流星锤打中了我，我替你找个老婆，奖掖你的手法大有进步。'

"唯精说：'师父是睡在这铁床上听我打吗？'

"好快，这话才了，唯精手上的流星锤已打到铁床上来，把那面铁床打碎了，哪里能打着我呢？唯精收回了流星锤，回头看时，我已坐在中厅一把大交椅上。唯精的手法真快，我坐在那交椅上，还未起身，他的流星锤一出手，便打到交椅上了，将那把交椅打得粉碎。唯精同看的人却没有看见我闪到什么地方去，听到上面有人说话，才知我已到了屋上。

"后来他们都问我可是使的什么法术，毕竟唯静、唯精是个内行，在这里苦练多年，他对众人说：'这是师父的功夫，师父不会使着法术。古来有个吕丈人，跳丸的本领了得，能在千丈深谷之中跳上山峰，还能跳在丸内，难道吕丈人这是法术，不是功夫吗？'

"我的徒弟个个都有我这样快的身法，便有两柄青锋、秋月剑前来伤我，我见放出两道剑光，不知溜闪到什么地方去了，虽有这两柄青锋、秋月剑，如何能伤害我的性命？我怕的何来？快取酒来，你唱一个曲子，我吃五杯酒；你吟一首诗，我也吃五杯酒。我是天不怕，地不怕，只要听你吟首诗，唱着曲子，比登天都自在。你的诗吟得好、曲子唱得好，我的酒越吃得痛快。"

姨太太香珠见他渐渐有些模糊起来，接连吟了几首《竹枝词》，唱了几首曲子，左五杯右五杯的，只得筛酒给空岩吃。空岩吃有八九分醉意了，姨太太香珠唱一首曲子、吟一首诗，总要逗引着空岩酒后夸说他的功夫。空岩酒醉得连舌头都大了，便敞开胸膛，倾怀尽吐，越发要在情人面前卖弄他的本领，言狂语大，好像唯我独尊，不把世间一切人物放在眼里的样子，心上也有些朦朦胧胧上来。

姨太太香珠见这是时候了，便向空岩笑道："你练得这身的罩功，比虎还大的气力，我好做你的姨太太，就使薛瑾不死，做他的大太太，也没有这样叫我开心。只是我听薛瑾说，你的气力，便用三根粗的铁链将你周身捆绑起来，你一使劲，这三道铁链就断了。我怕是薛瑾替你吹的牛皮，你的气力虽大，也没有大到这样地步。"

空岩听了，竖起个大拇指，指着自己的鼻头，呢呢喃喃地笑道："不是我酒后会说大话，我没有灌着这些劳什子的黄汤，把我这身躯灌得软困下来，我一使劲，真有拔山之雄、盖世之勇，你欺我多吃了几杯酒，就这样小觑我？休说绑上三道很粗的铁绳，就再多绑几道，难道我一使劲，还不能扭断了吗？你绑起来，我断给你看。"

姨太太香珠笑道："好好！我绑起来，断给我看。"

这是香珠布置妥当了的，当令芸香及众仆婢拖出铁索，一道一道将空岩手脚身体都绑了个结实。空岩哈哈大笑，两手一揸，两足一分，身子一挺，只听当嘟嘟数声巨响，那三道铁绳都分裂开来。

香珠只笑得前仰后合，说："这番我是亲眼看见的了，并非薛瑾吹的牛皮。只是我先在里面绑起一道绳子，外加上三道铁索，你能一使劲扭断了，我就佩服你的气力比老虎还大十倍。"

一面说，一面便令芸香取了根很粗壮的绳子。那绳子是野蚕丝结成的，摸在手上，比什么都软，绑在身上，又比什么都结实。空岩却看是寻常的绳子，惺忪醉眼，只是憨憨地笑，听凭香珠把身体都绑好了，两手、两足都捆了个猿猴献果，香珠便叫他扭一扭看。

空岩糊糊涂涂地笑道："这样不牢实的东西，值得着一扭吗？索性再缠上四五道铁绳，你绑好了，看我使劲扭个痛快。"

香珠又命人取出五道铁索，一道一道地又绑了个结实，打起扣子来，旋绑旋向芸香众仆婢努着嘴。众仆婢都应命而去。

绑完了，空岩再使劲扭着，哪里能扭得断呢？不是外边五道铁索难断，是里面一道野蚕丝的绳子，任凭空岩用尽平生气力，不能扭动分毫。

香珠拍着手笑道："秋桂、秋菊，快来快来，看看这个说大话的。"

这声才了，早见秋菊、秋桂转身而入，原来那扮秋菊、秋桂的，正是柳星胆和方璇姑两个。在第九回中，香珠与柳星胆和方璇姑商量诛杀空岩道人的时候，为避免空岩道人疑心，也为方便起见，遂将星胆和璇姑两人分别扮作丫鬟秋桂、秋菊，待时机成熟，香珠一呼，两人便可顺理成章地及时赶到。

闲言少叙，书归正传。当时秋桂、秋菊两人听到香珠呼唤，急忙奔来，手举青锋、秋月，直奔空岩便刺。空岩此时被野蚕丝绳子绑了个结实，再也休想挣脱，只得眼睁睁地任凭青锋、秋月刺来。不消半刻工夫，空岩已是人头落地，身首异处。

欲知后事如何，且俟第十一回再续。

第十一回

疯和尚佛殿戏芸香
小侠客僧房飞血剑

话说柳星胆提了空岩的人头，收好青锋剑，方璇姑也将秋月剑佩好，两人俨然像一对儿小夫妻似的，并肩走到姨太太香珠房中来。

星胆向香珠流泪哭道："我父亲的大仇已报，不是你成全我，便凭我师父那么大的本领亲自前来，也休想替我把仇人宰杀了。我感激你的地方，自不消说得，请你再帮我们的忙，到玉龙寺去，救出我方世兄和我妹子要紧。"

姨太太香珠听了，且不理他，转吩咐家中仆婢人等，将空岩尸首拖入地牢掩埋，扫去窗外的血迹。一切的形迹都掩蔽过了，然后才向星胆笑道："你要我又帮助些什么？"

星胆重申一遍道："请你同我们到玉龙寺去，救出我方世兄和我妹子要紧。"

香珠道："令妹是谁？我只听和尚说，有方老英雄的儿子方光燮和方光燮的义妹方琴姑软困在玉龙寺，就没有听说你的妹子失陷在那厢里。你这话是从哪里说起？"

星胆未及回答，璇姑急插嘴道："那方琴姑就是这位柳世兄的妹子柳舜英呀！什么的相貌、什么的衣装，空岩对你说得半点儿不错。"

姨太太香珠听了，伸出舌尖讶道："好险好险！亏得柳小姐在玉龙寺里，说是方老英雄的义女方琴姑，若说出她的真姓名来，怕不遭了和尚的辣手吗！在数月前，和尚也到阴平去，向老尼慧远寺中探视柳小姐，据慧远说，柳小姐不知到哪里去了。空岩就因这件事，很向慧远责问一番。后来想到慧远是个与物无争、与人无忤的人，柳老英雄已死了，慧远或不致看在死人情分上面，将柳小姐掩藏起来，惹恼玉龙寺的一尊大佛。责问了慧远一场，也就罢了。如果他察觉方琴姑就是你家的柳小姐，落在他的掌握，仇人相见，还肯成全柳小姐的性命，准备将来传给她的本领，教成个徒弟杀师父吗？这番空岩的人头已被你提在手里了，要到玉龙寺去救出方兄和令妹二人，我有我的计较，日间不便下手，到了晚间，我到玉龙寺去，请唯静、唯精、唯一、唯智四个贼秃在三宝殿上，给薛瑾念几卷《法华经》，大略那些贼秃断不致疑惑我，违拗这样意思。你们秋桂还叫作秋桂，秋菊还叫作秋菊，同我前去，能够相机行事，将这四个贼秃结果了，自然能救出方兄和令妹二人，急是急不出道理来的。"

星胆、璇姑听姨太太香珠这话很有点儿道理，彼此又计划多时，便照那计划做去。

当日午后时间，香珠便唤上芸香，吩咐如此如此，芸香即带了个小丫鬟，到玉龙寺来。

原来这玉龙寺是明代的古刹，只有十来间房屋，当中一座正殿，两边两所厢房，前面是座天王殿。这寺所甚幽僻，唯静师兄弟们向没有到山村人家化过缘，就是有人来请他们讲经放焰口，他们因为那寺中的产业是他们开山始祖的遗产，不是施主们施给玉龙寺的，除非请他们讲经放焰口的人同玉龙寺和尚有点儿情面，他们才肯在寺中给人家忙做佛事，却不肯到人家去。没有点儿情面，要想给玉龙寺的和尚超荐已死的亡魂，比登天还难。所以玉龙寺的山门甚冷落，轻易没有人前来。若有远方的僧侣到龙山来，多半在其他的寺院挂单住锡，要到玉龙寺去住夜，可是一件很不容易的事。

这时芸香带着小丫鬟，走到玉龙寺的三宝殿上，唯静正拿着个鸡毛帚子拭着佛座上的灰尘，看见她们来了，早欢天喜地放下鸡毛帚子，两只乌眼盯在芸香眼上，那里一碰来，这里一碰去，把个葫芦头点了点，向芸香笑道："女菩萨可是薛家坡薛府的姐姐吗？"

芸香拿了块手帕，掩着口笑道："亏得师父眼力好，倒还认识来。老主人在日，向没有和尚往来，不知师父是在哪里看见过我的？"

唯静笑道："女菩萨不是薛家坡薛府的姐姐，这龙山前后人家，谁家能走出这样漂亮的姐姐来？只是姐姐说薛府平时没有和尚往来，这话只可欺着山村的蠢汉，如何能欺瞒得玉龙寺的僧人？女菩萨前来，有什么心事要对我说？昨夜可有个秀才到薛府去吗，怎的这时还没有回来？"

芸香一扭头，笑道："有有，那个秀才头上也是光滑滑的，没一根发，三更三点，进了我家姨太太的绣房，要同姨太太参欢喜禅。姨太太被他啰唣不过，只得依允了。"

唯静听到这里，向芸香瞟了一眼，见她粉靥通红，忙接着笑问道："姐姐看见那秀才同姨太太参欢喜禅吗？说到老薛，也是他的徒儿，徒儿徒媳坟土未干，他竟占住徒儿的姨太太，我师父的脾气，就是这样风风雨雨的。"

芸香低头笑道："谁看见他们参欢喜禅？这话是姨太太告诉我的。她说这秀才就是玉龙寺的老师父改装前来，把姨太太降服了，姨太太在主人、主母血丧时间，做出这样事来，须惹得泉下的亡魂不安，就在老师父面前撒乖。老师父也被她心里说软了，准她今夜到玉龙寺里，请四位师父诵经，超荐主人、主母的亡魂，便是姨太太坏了名节，使主人、主母在泉下不安，料想灵魂有知，还当感激姨太太请师父们超度他们的功德，再也不会惦记姨太太失身的仇恨。老师父因今天要到山西一行，大略到明天才回来，姨太太特令小奴前来，预先向师父说明，不知师父答应不答应呢？"

唯静笑道："休说老师父和姨太太的命令，便看在姐姐情分上面，怎么我们不答应？请问姐姐，晚间你们可同姨太太一起来呢？"

芸香笑道："姨太太不知那时单派我们同她前来，还是再派秋桂、秋菊同来。"

唯静笑道："最好派两位姐姐同来就好了。"

芸香眨眨眼笑道："你要姨太太单派我们前来做什么？"

唯静道："有姐姐们前来，我们师兄弟诵经时候，这精神就壮起来了。"

芸香扑哧地笑道："疯和尚，你看小阿奴们这脸子还漂亮，就说出许多好话来了。这是佛殿所在，你别要同我们花马吊嘴地嬉，你若看见秋桂、秋菊两位姐姐，你这疯和尚，不知还要疯狂到什么样子。"说完这话，便同那小丫鬟笑出门去。

唯静简直如中了迷药般，直呆呆地看芸香同小丫鬟走出殿门。芸香走了几步，也回过头来偷看唯静，不提防唯静两眼还正在注视没有移动，美目盼回，恰好被唯静的眼光接住。直待芸香同小丫鬟翩若惊鸿地走出山门，才自言自语道："世间哪有比这两个再俊些的丫鬟？就是这芸香，也足令人真够销魂了。大略她说的秋桂、秋菊两个孩子，年纪总比她轻些，容貌未必就美到怎样地步。"

唯静胡思乱想了一阵，走到西厢寮房里，看见唯精、唯一在那里下棋，唯智在旁边观局，便嘻天哈地地笑道："你们真好乐呀，能携带携带我大师兄共同入局，想不妨事。"

唯智笑道："大师兄来得正好，要知二师兄被三师兄杀败了，须要大师兄替他捞回本来。"

唯静道："他们共对几局呢？"

唯智回说："三局。"

唯静道："第一局怎样？"

唯一道："第一局，二师兄没有赢。"

唯静道："第二局呢？"

唯一道："第二局我没有输。"

唯静道："第三局呢？"

唯一道："第三局二师兄看要赢了，被我跳起一对儿连环马，顺手捺下一条车，逼得他老帅没处走，蹁死在我这马足之下，总算是侥幸。"

唯精扑地笑道："你就说我连输了三局棋，怎放出这许多臭屁来？"

大家笑说了一阵，唯静命撤了棋局，要谈正事。

唯静道："师父牢笼女人的本领极高，果在昨夜三更向后，到薛家坡去，同薛秀才的姨太太结了个大缘。"

唯一笑道："大师兄，师父的性格就是这样，居然吊起徒弟的姨太太膀子来。我看大师兄那个如意人儿，师父不许大师兄享受这温柔艳福，要降服了她，做自己的徒弟，表面上虽说得光明磊落，安知师父不想占夺大师兄的意中人呢？"

唯精笑道："三师弟说这样话，不怕大师兄难为情？"

唯智笑道："这有什么难为情？我想起来了，薛秀才夫妇死得很奇怪，怕是师父看中他的姨太太，先将薛家夫妇结果了，打发冤家离眼前，才好吊他姨太太的膀子。"

唯智道："我也想起来了，今天听说山西方继武被人刺杀了，怕是师父看中了他的义女方琴姑，先将方继武结果了，打发冤家离眼前，好慢慢吊着方琴姑的膀子。"

唯静拍着手掌叫道："我也怕是师父杀了方继武，今天老薛姨太太的两个丫鬟前来，说师父到山西去，不是师父杀了方继武，今天到山西去要做什么事呢？"

唯精问道："薛家的丫鬟特地前来告诉的吗？"

唯智将芸香的话对他说了一遍道："芸香对我这

样说，想薛家芸香同那丫鬟都生就红拂妓的眼、卓文君的貌，又有秋桂、秋菊两人，我虽没有见过，但照芸香的话参详起来，自然也算得两个天仙般的尤物。薛家这四个丫鬟，我们师兄弟各得一个，便死了也情愿。师父既看中了方琴姑，我就将方琴姑让给了师父，料想师父绝不用对待薛瑾的手段对待我，还得向薛家姨太太说，将她家四个丫鬟分给我们享受。"

唯一笑道："大师兄说得对呀，薛家的姨太太今晚到我们玉龙寺里，请我们念《法华经》，或者能将这四个丫鬟一同带来，我们大家乐得和她们亲近，且探视那姨太太口气，看是何如。"

众贼秃说得兴高采烈，到了日落时分，还不见薛府的姨太太同丫鬟前来。寺里的老道已预备办下素斋，经堂就设在三宝殿上，幢幡铙钹都布置停当了，众老道轮流到山门外探望，看薛府姨太太同丫鬟来也未来。

直到二更时分，众贼秃都在三宝殿上焦急万分，忽见一个老道匆匆跑来说道："薛府姨太太已带着四个姐儿来了。"

众贼秃都笑得心里开了一朵欢喜花，排班也似的迎接出来，果见一个白衣玉貌的姨太太模样的人，姗姗而至。后面四个丫鬟，一般也穿着素服，簇拥着姨太太前来。唯静留心这四个丫鬟当中，有芸香同那小丫鬟在内，再看那两个丫鬟，都是天然丽质，美妙如此，比芸香同那小丫鬟还漂亮，料想这当然是秋桂、秋菊两人了，便同唯精众人将姨太太香珠及四个丫鬟接到西厢一间小楼上面。那间小楼，布设得很精致，是唯静师兄弟们秘密谈话之所。茶话时间，才知那小丫鬟唤作韵香，比芸香小两岁，这两个丫鬟，年纪小些的，唤作秋菊，年纪大些的，唤作秋桂。

香珠指着芸香、韵香、秋桂、秋菊向众贼秃说道："我这几个伺候的人，虽未必都美妙绝俗，但歪鼻塌眼、奇形不堪的也没有。这些人都是从外省外府买得来的。"

香珠谈论这些话的时候，神情很是得意，惹得唯静、唯精、唯一、唯智等四人八目，莫不注视在那些丫鬟脸上出神。唯静先前把个眼光原射在芸香的脸上，再向秋桂一看，面貌虽不及秋菊那样玲珑瘦小的美人儿胎子，但仪态万方，眉目间很现出惊人的神采，绝没有小家碧玉的态度，就回想芸香，不过比一班年轻的女子生得漂亮而已，同秋桂比较起来，真是鹧鸪见了凤凰，牛马见了麒麟，不禁转将那两个黑溜溜的乌眼，在秋桂面庞上滚来闪去，看得秋桂面上有些害羞起来。

唯智却把眼注视秋菊，唯一只顾盼着芸香。唯精知道自己的面貌丑得像戏台上大花脸一般，值不得芸香、秋桂、秋菊美目传情，那么不得已而求其次，也将两个黑闪闪的怪眼斜射在韵香粉腮颊上。

这几个贼秃的神情，早被香珠看在眼里。一会儿，老道开上素斋来，唯静等欲下楼吃饭，香珠忙止道："同是自家人，用不着讲客气，便是这四个丫鬟，我也吩咐她们共同一桌，分什么贵贱，别什么嫌疑，大家胡乱在这里吃一餐吧。"

众贼秃巴不得香珠留住他们，得以常亲丫鬟们的香泽。谁知秋菊忽起身说道："太太的命令，阿奴本不敢违拗，不过今夜是请师父们超度老太爷的时候，师父们要下楼吃饭，太太且由师父自便吧。"

香珠道："这孩子说话怪疼人的，就请师父到楼下用斋吧。"

众贼秃没奈何，一齐下楼吃过晚饭，香珠也用过素斋，带领四个丫鬟下楼来了。众贼秃忙做佛事，一字排跪在经堂上，口里不住唱着外国梵语，心里不住想着如意人儿，木鱼磬钹，更敲得十分起劲。

这里香珠同四个丫鬟在殿外薛瑾灵牌之下焚化纸钱，各人都挤出几点眼泪。

佛事做完了，唯静把姨太太请到西厢房楼上用茶，忽然转眼间不见秋桂、秋菊及唯智三人。唯静一想不好，托言到厕所里去出恭，走下楼来，转到东厢唯智寮房门看时，黑闪闪没有什么，脚下有圆滚滚东西，不是唯静身体稳健，几乎就被那东西绊了一跤，心里好生惊讶。忽然面前显出两道剑光来，唯静一句哎呀没叫出口，他的头颅已和他身体脱离关系了。

欲知后事如何，且俟十二回书中再续。

第十二回

玉龙寺情侠诛淫僧
天王殿英雄擒恶伙

　　原来是姨太太香珠的计划，以为唯静、唯精、唯一、唯智四个贼秃，不独都练习得全身的罩功，并且身体矫捷，只比空岩略逊两筹。那个化名秋桂的柳星胆、化名秋菊的方璇姑，他们虽有这青锋、秋月阴阳剑，剑光着处，不怕你练就多么大的罩功，欲将这两柄剑使用起来，本容易割下他这颗脑袋，无如要锄杀唯静等四个贼秃，若在他们聚一处，用这阴阳剑将唯静结果了，恐怕唯精、唯一、唯智有了防备，他们拳脚的厉害，身体的猱捷，都非同小可。如果反手伤害了星胆、璇姑两人的毫发，这岂是当耍的事？即令他们没还手，打草惊蛇，预先吃他们兔脱了，将来遇事寻仇，终为心腹的后患。唯静、唯精、唯一、唯智四个贼秃身手的功夫都迅厉，青锋、秋月剑又在势不能刹那间将这四个贼秃一并结果了，事情就很有些棘手。不若慢慢将这四个贼秃设计分拆开来，请星胆、璇姑两人相机行事，好使青锋、秋月两柄剑将这四个贼秃一个一个都先后结果了。

这番璇姑待他们佛事做完以后，看唯智走到她的跟前，暗暗用手将唯智的衣袖一拉，唯智哪里明白一个温柔俊俏的丫鬟便是杀人不眨眼的方璇姑？看她这种撩人心情的举动，仿佛如做梦一般，心里几乎不相信今夜要同她成就好事，只是眼中所见她种种类类的情态都是真的，的确不是做梦。悄悄把璇姑带到自己的寮房，问道："姐姐拉我衣袖做什么？"

璇姑低头回道："不做什么，我要到你这房里见识见识呀，你这房很是精雅，床上的被褥花一团锦一簇，望去就像个神仙洞啊！"

唯智笑道："姐姐且请坐下，我有话同姐姐说。"

说着，将自己坐的一张凳子端过来，请璇姑坐下，说道："哎呀！难得秋菊姐姐惦想我，把我拉到这里，我立刻死在姐姐面前都情愿。"

璇姑道："你不用性急，我站着看看这案上供的一尊阿弥陀佛甚好。"

唯静笑道："站久了，怕姐姐大腿酸疼。"

璇姑道："照你这样话，爷娘生就我两条腿，做什么用处？倒饶得你替我娇惜起来……"

话犹未毕，忽然房门开放，从门外走进个娇羞满面的丫鬟来。那丫鬟正是化名秋桂的柳星胆，进门便向璇姑笑道："我只道小蹄子到哪里去了，原来还在这小师父的房里，你们的话我都听见了，快去见姨太太，我告下状，看你这精皮肤，还免挨得一顿毒打。"

璇姑笑道："真菩萨面前，烧的什么假香？你们要做影戏，还要我给你们戳破这层纸？看你和唯静师父四只眼睛，闹得不像样了，如何能瞒得姨太太的眼角落里？我本想同小师父商量，给你们做个大媒，你半点儿不懂得。人心是肉做的，你怎的还要在姨太太面前告我？"说着，挤眼睛、做手势地向着星胆憨憨地笑。

星胆会意，便向唯智笑道："请小师父暂出去坐坐，让我们两人谈句抽心话。"

唯智在这个当儿，不禁心里凄惶起来，只恨秋桂无端来胡闹一阵，打断了他的好事，没奈何，只得出去走走。刚跑到房门口，还想掉过头来看她们是谈些什么，谁知唯智才转过头来，便是咔嚓一声响，他的头已削在青锋、秋月两柄剑下了。星胆、璇姑杀了唯智，便吹灭了房里的灯光，各人都按剑在手。

星胆向璇姑耳语道："我看唯静那个贼秃，居然把我真当作是青衣翘楚，他的魂灵早已飞到我身上来。这时他在楼上，若察觉我们和唯智不见了，想他的心眼儿纵然不把你包围在那厢里，自然怕我同唯智有了私情，停会儿他必然前来送死。我们唯有这里等着便了。"

璇姑忽把眉尖皱了两皱，向星胆耳语道："你听门外不是远远有些脚步响声吗？想必就是那唯静贼秃来了。"

星胆默然不答，那脚步声响渐近，接着便见一个人影闪到房门口。青锋、秋月两柄剑光飞处，那人影向后便倒，像似已经死了。星胆便点起灯光，向房门口一看，有两具尸级、两颗头颅，都僵卧在血泊里。这一颗认得出是唯智的头，再向那一颗仔细认来，不是唯静的人头是谁呢？

星胆、璇姑又商量个计较，跑出房外，准备再下唯精、唯一的毒手，且按下慢表。

再说姨太太同芸香、韵香及唯精、唯一正在楼上吃茶，忽听得秋桂的声音急道："这……这……这是什么缘故？"

听这声音似在楼下，姨太太、芸香、韵香、唯精、唯一都竖耳静听。一会儿，又听不见什么了。

姨太太便向唯精说道："你且下去看看光景，怕是你们大师兄掉下厕坑了。"

唯精刚下得楼来，便见两道剑光一闪，哎呀呀一声怪叫，那颗头早被星胆、璇姑的青锋和秋月两柄剑掉去了，尸首跟后倒在地下，喷射出许多鲜血来。

姨太太同芸香、韵香、唯一在楼上，又听得秋桂、秋菊的声音急道："好人，这如何怪得你二师弟呢？你就是吃醋闹脾气，也不是这样闹法，叫姨太太怎下得这个台？你们师兄弟这场火并，如何得了？"

芸香听了，便向唯一急道："你下去拦阻他们，就说姨太太不许胡闹。"

唯一下得楼来，两道剑光闪处，分明看见秋桂、秋菊两人横眉怒目，才瞥着唯一，说了声："贼秃，你也下来了！"

说时迟，那时快，唯一方要闪避，只听得咔嚓声响，唯一早躺倒地下，原来他的人头也迁居了。

姨太太估料这光景，大略星胆、璇姑两人已完全

137

得手了，但心里还有些疑惑，便也向芸香、韵香说道："我们再下去看看，为什么闹成这个样儿。"

三人下得楼来，星胆即走到姨太太面前叫道："托姨太太的福，玉龙寺全伙贼秃已死在我们青锋、秋月两道剑光下了。"

姨太太听他的话，一颗芳心方才稳牢定了。

星胆又说道："我们赶快去救出方世兄和我妹子，我这时心里仿佛瞧见他们哭泣，巴不得立刻将他们解救出来，我才欢喜。"

璇姑也急道："我兄长和柳小姐究竟困在玉龙寺什么地方，姨太太也不知道，快到东厢去，找那些香火道人探问。"

谁知那些香火道人早已闻声躲避，不见一个踪影了。大家又转到天王殿前，星胆从金身韦陀神像背后拖出个年纪三十上下的香火道人来，不由分说，将他捺倒在地，用脚在他身上一点，喝道："空岩及唯静、唯精、唯一、唯智这五个秃驴都被我们青锋、秋月剑结果了，依老子性起，也该给你个当面开销，不过要借你的口，告诉我们几句话，还想开脱你一条生命。你若懂得几分人事，快说出方光燮并琴姑娘被关在什么所在，若有半句虚言，一剑两段。"

那道人见他们这种势派，只有打战的份儿。这时玉龙寺的前门后户早已关得铁桶相似，寺里的和尚已死，哪里有人前来救应，遂战兢兢地回道："小道不……不……不敢不……不……不说，请姑娘赦免我这条狗命。小道有个表兄，也在这玉龙寺服侍香火，姑娘要问什么方光燮和琴姑娘被关在什么所在，小道实不知道。"

璇姑在旁，听这香火道人絮絮叨叨，说了这些藏头露尾的话，便向星胆急道："他不肯实说，就砍了他吧！"

星胆把剑一扬，那人又抖着说道："要问……问……问什么方光燮、琴姑娘，姑娘问我的表兄，自会明白，我实在不知道，又不敢不说。小道若有半句谎言，就是姑娘肚子里养出来的。"

星胆、璇姑听到这里，又是焦急，又是好笑。姨太太香珠同芸香、韵香两个丫鬟听道人最后两句笑话，几乎绽开樱桃小口，笑将出来。

星胆道："好了，你就说你的表兄现在哪里。"

那香火道人回道："并没有飞出玉龙寺去，他听得上面的风声不好，早躲入地室去了。"

星胆道："你如何不同他一并躲入地室，却躲在这地方做甚?"

那道人道:"我不能走下地道去,事急没了主意,竟躲在这地方。我那表兄,他如何比我这样呆笨。"

璇姑在旁急道:"休同他再讲这些不相干的话,送他到鬼门关去吧!"

道人急道:"且慢,我到大殿去,把我表兄吴老道唤出来就是了。姑娘得了手,总望成全小道的狗命,小道有个老娘,才八十一岁,若是小道死了,叫她怎样是好?"

星胆便伸回了那只脚,把这道人提起来,大家簇拥到正殿上。道人毫不迟疑,趴到佛龛上面,附着阿难尊者的耳朵,吹度了一阵风,跳下佛龛,并不见有什么吴道人出来。

那道人道:"太太、姑娘们不要焦躁,我们这玉龙寺有三个香火道人,我表兄吴老道同个姓李的道人,他们都知道上下出入的机关,小道专在上面侍候,就不知地道进出的机关究竟是怎样。他们因我这模样生得呆笨,却不肯告诉我。只是他们到隧道中去了,我有事要唤他们出来,就得附着这阿难尊者的耳朵,吹度一阵风,这阵风吹度下去,似乎听得下面有些铃声作响,他们听到铃声响处,就从地室里走出来了。"

星胆听罢，便从身上解下一根束带，将这道人捆了个白马攒蹄，割下一块布襟，将道人的口塞住了，放在暗处，便同璇姑及姨太太香珠、芸香、韵香三人，打了个哨语，各人都掩在大佛背后，屏声息气，毫没有半点儿声响。

隔不上半刻时辰，果有两个年纪都在四十开外的道人，从外面走进来，叽叽喳喳地说道："老黎在哪里？敌人已全数走了吗?"

黎道人口里被布襟塞住了，哪里能回答什么。就在这时候，星胆、璇姑等人从大佛背后闪出来，星胆早捺倒了这一个，璇姑也把那一个道人的头发提在手里。

那一个道人恨道："黎表弟骗我，敌人何曾走出山门，要他把我们骗到上面来。"

这一个道人向香珠央告道："姨太太同玉龙寺有什么冤仇，值得用这样狠恶的手段？我们只有向姨太太求情，如果姨太太肯开个方便门路，叫这两位姐姐放我们出去，我们纵要报复姨太太的大德。若决定要做恶人做到底，我们虽做了刀砧肉、釜底鱼，死了也要做个厉鬼，将你们的性命追了去。"

香珠转向他问道："你姓什么?"

那道人回说："姓李，他姓吴。"

香珠点点头。

星胆向李道人道："冤有头，债有主，我同你们没有仇，可以开放一条方便门路。只是我们此次，专为方光燮及琴姑娘而来，你们能引我们将这两个解救出来，这是你们的造化，不能将这两个解救出来，就放起一把火，烧毁了你这三个鸟道。"

李道人道："要问方光燮及琴姑娘两人，可问这位吴老兄，自会明白。"

璇姑将剑搁在吴道人颈项上，喝道："你说!"

吴道人道："哎呀! 可是问那方小爷同琴姑娘吗? 小道带你们前去，将他们救出，总可以成全我们两条狗命了。"

星胆、璇姑两人竟押着这两个道人出来，回头向香珠说道："我们去走一遭，好把那两个救出来，请姨太太在殿外看风，我们仍到这里会合，一同远走高飞，好不好?"

香珠回道："好!"

两个道人便将星胆、璇姑带到后院。那后院里有个大石鼓，约有三丈来高，八尺围圆，摆在西北墙角

142

所在。估料这石鼓的重量，约有二三百斤，吴道人双手毫不费力将石鼓搬开，再看这石鼓里面中空，像个石瓶，怪道吴道人竟能掀得起来。掀开石鼓，下面有粗桶围圆的一个大洞，借着残月的光辉，看出那下面有个石级。两个道人领着星胆、璇姑两人，走下石级，仍将上面石鼓盖好，弯弯曲曲，不知有多少层数。

下了石级，远远便见有座很高大的石房，眼前是条石道，两边有两座院墙，院墙上的一例明灯，同密麻相似，照得地室中晶光耀目。石道上铺砌红白二色的大石，每个红石，必间着一块黑石，红石、黑石也有扁方形的，也有长方形的。星胆看这光景大有蹊跷，便向两个道人喝了声且住道："我问问你们，听说这玉龙寺地道下面遍布着油线机关，你们可告诉我，究竟有什么油线机关？"

李道人道："姑娘们是个青天，小道敢在青天面前撒谎？这地下室下的油线机关都在扁方形的黑石、长方形的红石上，若一脚踹在这上面，机关触动，便从平地上裂出个窟窿来，包你跌落在下面百丈深坑之内。你看这机关可不厉害？"

星胆道："照这样说，该按着扁方形的红石、长方形的黑石上走去，就可以无事了，你不妨走给我们看。"

李道人听了，现出很为难的神气。

星胆大怒道："你这贼，还敢骗我？叫你知道我的厉害！"说着，急提起李道人，头向下，脚向上，把他向那扁方形的红石上一抵，就听得咔嚓声响，那红石的所在竟裂出个很大的窟窿来。

星胆一松手，李道人已活葬在百丈深坑下了，上面的红石仍自由自性地掩盖起来。于是星胆在前，璇姑在后，夹着吴道人，拣着扁方形的黑石、长方形的红石走去。眼看要平安走到那座石房的所在了，忽然觉得头上有阵风响，呼啦啦响了过去。

星胆、璇姑抬头看时，见有一道红光，飞虹掣电般向前闪去，眨眨眼已不知去向。

欲知后事如何，且俟十三回书中分解。

第十三回

诚可通灵井中得古剑
祸难预测郊外遇强人

话说星胆、璇姑两人抬头看那红光，惊虹掣电般从头上飞闪过去，眨眨眼已不知去向。星胆好生惊讶。

璇姑道："我听古来有飞得起的好汉，从没有听说能飞得这么迅快，运气飞行的功夫固不容易练成，就是练成了功，充其量也只有飞鸟那样快。看这人飞行的本领，好到如此地步，我看出他是法术，不是功夫。我小时候听我父亲说，江湖上有白莲教、红莲教这类会法术的人，白莲教的法术尚不及红莲教雄厚，而红莲教的教徒又不及白莲教那样多，两教的法术虽非真功夫，但用起来同真功夫一样厉害。不过遇到会破袭他们妖法的人，他们这法术即没有那么灵了。我看方才这道红光，估量是红莲教人使的妖法，明看着这道红光飞得像流星一般快呢。你把胆子放大些，我的兄长和令妹两人有我在，什么是妖法，我是不怕的，我这时没工夫同你细说，临时自看出我的手段。"

星胆道："我不问什么红莲教、白莲教，只要能救出我的妹子和你的哥哥，哪怕前面有座刀山，我也要闯一闯。上天可怜我，总该有我们骨肉手足重逢的时候。"说着话，已走到那座石屋了。

原来那石屋里面很宽敞，中间高悬着一盏绝大的玻璃灯，屋里的陈设仿佛像山寨子里聚义厅的模样，两边有两个耳房。

星胆便问吴道人道："方公子和琴姑娘在这地方哪里呢？"

吴道人道："东房里有个衣橱，有六尺来高，内分上下两层，上层押着方公子，下层押着琴姑娘，外面加上一把锁，中间有条门缝透着空气。"

璇姑道："方公子和琴姑娘难道赖在那衣橱里，不要出来吗？他们不是这样毫没有本领的人。"

吴道人尚未及回答，忽然东房砰一声响，两扇房门大开了，就见一只大衣橱直从房里凭空飞出来，却没有看见什么人。

璇姑心想，这是红莲教人使的隐身法、飞行法，来盗劫他们两个无疑了，旋想旋从里衣内取出一面月饼样儿小镜子来，这镜名为乾坤镜。从前徐鸿儒主掌白莲教，田光禄主掌红莲教，几次经人破袭，从没有轻易将白莲教、红莲教的妖法破坏了。山西方继武的父亲方建侯，最是个胸怀阔大的大剑侠，他生平只信功夫，不信法术，无如白莲教、红莲教的势焰日大，他们的法术最显而易见的，能跨一张芦席渡过江，当作乘风破浪的帆船；随便是什么东西，他们欲将这东西一指说是羊，那东西立刻会变成羊了，他们要将这东西一指说是虎，那东西立刻会变成虎了。方建侯亲眼看见过白莲教、红莲教人使过这样的邪法，就不由得他不相信，这种邪法的势焰高涨，几使天下英雄没有用武之地。

方建侯看他们两教的教徒，表面上做人很是光明磊落，背地里什么无法无天的事都干得出，有多大的法术，即造下多大的罪孽。曾有两教中人闻得方建侯的大名，卑辞厚币，来请方建侯入教。方建侯是何等胸襟的人，不但不肯舍身入教，反以两教中人殃民误国，为百姓的对头，为同道中人的大敌，虽婉言谢绝两教的人，但对摧灭邪教的心思，几致废寝忘餐，无日或懈。

有一夜，是六月中旬天气，方建侯已上床睡了，一觉醒来，也不知是什么时候，觉得有些热辣辣的，起身出来，看是皓月当空，便到门外打麦场边树荫下面乘凉。有两阵凉风透过来，方建侯不由喝一声彩。这声彩刚喝出，接着听得有阵阵哭泣的声音，由微风荡入耳鼓。方建侯听到这哭声如怨如慕，如泣如诉，像似男女四个人哭着，就在对岸一里以外。寻常人在万籁沉寂的时候，能听得这么远的哭声，很不容易，方建侯两个耳朵最灵，所以能听得清晰，转觉有些凄然不乐，心里阵阵跳动起来，便过桥向那哭声所在走去，仿佛看见两个女子，各抱着一个男子，相向而哭。

方建侯不由高声问道："是哪里来的两对儿鸟男女？为什么三更半夜到这郊野地方哭泣？"

这话问出去，不听有人答应，哭声便停止了。

走近几步看时，哪里有两对儿男女呢？只见两道白光，冉冉入地而没。方建侯暗想，这不是活见鬼吗？但心中并不害怕，再到那地方一看，原来有口枯井，两道白光像似入井而没了。

方建侯到这时候，好像不到井中去看个明白，有些放心不下的样子，搬开石栏向下望去，仿佛有三丈深浅，自信凭他的本领，能从上面跳下去，还能从下面纵得上来。在他这时的心里，总以为这枯井下面必有青年男女的尸骨，才发现这样怪状。谁知跳下去看时，却是不然，井底下的容积甚大，东北隅有个月亮也似的东西放出宝光来，照彻得井底通明，以外都是泥沙石子。

　　方建侯看那东西是面圆镜，取在手中，两面俱现宝光，两边镜框上各刊着个小字，这边是个"乾"字，那边是个"坤"字。方建侯料知这是一面宝镜，将有大用，拾起一撮泥沙，放在镜面上，那泥沙便飞扬起来，仿佛被风吹去的模样。一眼忽又看见那地方有柄双股剑，长有尺许，拾起看时，那剑柄似用八宝嵌成的，合起来是一柄，分开来是两柄，剑柄极厚，剑锋极薄，右股剑柄上嵌着个"雌"字，左股剑柄上嵌着个"雄"字。方建侯想，这乾坤镜同八宝雌雄剑俱是难得可贵的稀世珍宝，久没古井，与泥沙为伍，物若有灵，能不凄然一哭？

　　方建侯得了这乾坤镜和八宝雌雄剑，但是八宝雌雄剑在手中使用起来，仍无异寻常的剑，便什袭珍藏。后来这八宝雌雄剑由他儿子方继武送给绵山狄龙骏，狄龙骏剑术最深，会用这八宝雌雄剑，曾把这两股剑分拆开来，送给他两个徒弟，并传他两个徒弟使用八宝雌雄剑妙法。他这两个徒弟，在这柄剑上，很干得一番事业，这是后话，后文自有交代，不去说它。

单表方建侯因古来有什么照妖镜，灰尘吹在镜上，毫无沾染，这面类似照妖镜的乾坤镜，当然有降魔除妖的效用。白莲教、红莲教的邪法本得自妖邪传授，我得了这面镜子，也许是他们对头到了。果然他这一想，倒想个正着，从此遇到白莲教、红莲教人使用什么妖法，只需他将这乾坤镜一照，妖法便立时破灭。使用妖法的人都仗着妖法厉害，用不着练习真实的本领，妖法既被破灭了，欲擒这使用妖法的人，分明是荞麦田里捉乌——手到擒来的事。徐鸿儒、田广禄的妖焰不能长久蔓延下去，其他种原因或尚多，但据故老遗传，一半也摧灭在这面乾坤镜上。

方建侯弃世以后，这乾坤镜就传给了他儿子方继武。

方继武在壮年时候，曾用这面镜子同白莲教、红莲教的余孽结下不少的冤仇，积久两教的人俱藏隐不见了，方继武以为两教妖人已匿迹无声，平时和人厮杀，都是一刀一枪，用真功夫比较。就因这乾坤镜的妙用，全在辟除邪法，没有别种功用，不过白莲教、红莲教人如何用得着这乾坤镜呢？

可是璇姑在襁褓时，胆气最小，容易感受惊风病症。方继武把这面乾坤镜揣在她的怀里，璇姑的惊症就立见痊可了；如若再要将这面镜子从璇姑怀里取出来，璇姑便总是婉转哀鸣，把这面镜子竟看作性命一般，非哭到再将这镜子揣到她怀里来，那哭声就再也不会停止。方继武爱女情深，就将这镜子给她带在身上。

璇姑渐渐大起来了，知道这乾坤镜的功用，最是白莲教、红莲教的大敌，终日不曾离开身边，只恨没有遇到白莲教、红莲教中兴妖作法的人，拿出这面镜子试验一下，常以为憾事，但坚信这镜子破灭妖法的功用，大得不可思议。

在璇姑陷落薛家坡的时候，这镜子已被薛家人搜去，嗣后璇姑出险第二日，急向香珠索取，便也珠还合浦，放在身边。

这番和柳星胆在玉龙寺隧道之中，发现了惊虹掣电的红光，已估料这是红莲教的余孽使的飞行法。及至走近那所石屋，只见东房里一只大衣橱，凭空从房里飞出来，眼里看得分明，益信这是红莲教人使的隐身邪法。这时候就得取出她的乾坤镜来，说也奇怪，这面乾坤镜刚对着那衣橱反复照了两下，接听得哗啦声响，大衣橱便从空中跌落下来，幸喜地下铺着毡毯，纵没有将衣橱跌得粉碎，但也跌伤了一条腿。

大衣橱刚跌落地下，果然不出方璇姑所料，见一个二十来岁的男子，容貌甚是琐屑，害了一头的秃疮，身上穿着大红袄裤，袄上绣着朵朵红莲，腰间挂着竹刀木剑，被镜光罩住了，现出瑟缩不安的样子。看他也知道自己行藏败露了，颤巍巍打了个寒噤，要想逃，又不能逃脱方璇姑的手。

方璇姑对那男子喝道："你的胆量可也不小，想来盗劫我的兄长、世妹，于今落到我手里了，看你有什么妖法能逃脱！"

方璇姑说完这几句话，跳起脚尖儿，不偏不倚，踢在那男子小腹当中。

星胆待要喝声且住，两字还没叫出，璇姑又赶上去再踢两下时，可怜那男子已无福消受，两眼往上一翻，两脚向下一伸，已是呜呼哀哉了。

吴道人在旁见这情状，只吓得心惊胆战。他在玉龙寺中向没有看见过这样妖异，居然被个青衣女子用这面镜子能防范妖魔鬼怪遁形，将这妖人结果了，叫他心里如何不怕？呆呆站在那里，听璇姑向星胆谈说这乾坤镜的妙用。

星胆埋怨道："可惜世妹一时性急，没有问明妖人如何前来盗劫衣橱的缘故，竟将他结果了，留下这件疑案来，不知何时才能打破。"

璇姑也因星胆说得不错，深悔自己孟浪，没有问得妖人所以盗劫衣橱的缘故，然事情已做错了，懊悔也是无益。当由星胆在衣橱上扭断了锁，两扇橱门开放了，上层看是卧着个女子，下层看是卧着个男子，中间隔着一层横板，两人都倦眼蒙眬，昏糊不醒。看那女子是方光燮乔装的，那男子却是舜英，穿着男子的衣装。

璇姑先向光燮耳边叫了声："兄长！"又把樱唇附在舜英的耳朵上，叫了声："世妹！"两人俱没有答应，仍是昏迷不醒。

及经星胆问明吴道人，才知他们先后被擒以来，就用闷香将他们迷翻了，锁在这大衣橱里，屡次经空岩及众和尚将他们喷醒过来，问他们可肯降服玉龙寺，他们接连回说几个不降，仍然熏了迷香，叫他们在这衣橱里鼾睡着。

星胆听了，便押着吴道人，取上两杯冷水，向他们顶梁上喷去。舜英先苏醒了过来，向星胆叫了一声哥哥道："你们是几时来的？我险些没有脸面见我的哥哥。"

接着光燮也醒过来了，向璇姑叫了声贤妹道："我们在这里做梦吗？不是做梦，如何有我们骨肉相逢的时候？"

两人出了衣橱，星胆押着吴道人，领着他们出了地道，大家约略谈说了几句，原来方光燮也是狄龙骏的徒弟。狄龙骏自收得星胆做徒弟以后，同方继武的交情日渐浓厚了，看光燮资质很好，也要将光燮带进绵山石洞。因为方继武年事已高，光燮不肯久离他父亲左右到山洞学武，狄龙骏欲成就方光燮的武术，在势又不忍拂逆他的孝心，要想个两全的办法，只得每天抽出点儿工夫，到方家来，传授方光燮的武术。把方继武送他的八宝雌雄剑传给方光燮一股雄剑，告诉他这剑的练法和功用。方光燮知道这雌雄剑有着破灭妖法的功力，雌剑只不知落在谁人手里，师父又不肯说明，但说日后遇到使雌剑的女子，便是你姻缘所在。

方光燮把雄剑学成了，其他的武术也比当初精进得数倍了，狄龙骏遂不大常来，但三五月必来一次，看看方光燮的功夫怎样。方光燮学得这身的本领，无可用处，动不动就发起锄奸杀霸的志愿，每夜趁他父亲睡了，就改换女孩儿装束，到外面游行，探访到有不平的事，必在暗中干预。也是方光燮合受这样磨蝎，这夜方光燮在荒郊游行，遇到当初骗去柳星胆二十两黄金的那个道士，那道士在满天星斗的光芒之下，和方光燮擦肩而过，看见方光燮面孔很标致，在百个女孩儿当中，也选不出一个来，四面一望，没有行人，就在方光燮背后，伸着左臂，点起熏香。香气随风飘到方光燮跟前来，道士站在下风，却没有闻着香气，看方光燮已中迷香倒在地上了，一路设法带到龙山玉龙寺，交给唯静，得了黄金，又到别处去骗化了。

　　方光燮失踪以后，由方继武到绵山去，请狄龙骏设法将方光燮寻回。狄龙骏和吴小乙的娘就因这件事，很费了多少心思，卜过几次金钱神算，这些事情在前卷书中已有线索可寻，这番当然也要有个交代。

　　先是舜英在山洞以内，狄龙骏传授她的武术，并给她八宝雌雄剑的一股雌剑，柳舜英将这剑法学成了，武术上很有几分根底了。这日狄龙骏因方光爕失踪的缘故，忽将舜英唤到跟前，令她改换了一套男装，遂不慌不忙，对舜英说出那番话来。

欲知后事如何，且俟十四回书中再续。

第十四回

盗衣橱教徒遘险
见人皮侠女惊心

话说狄龙骏当向柳舜英说道："你在我跟前苦练多时，你的能耐，较未入我门下时，大不相同了。现在我令你到龙山去救一个人，你愿意去吗？"

舜英道："师父的法令，弟子本不敢违抗，但弟子在山洞中练习，知道自己的能耐，遇到江湖上享盛名的好汉，还可对付得了，若会见山林中怀抱绝技畸形异能之士，就出手不得。弟子愿在石洞中再苦练几年，不愿到龙山去。"

狄龙骏道："学本领本为救人济世，若不肯做救人济世的事，要学这本领有什么用处？我看你当初学本领的时候，就不是这样的凉血。"

舜英道："弟子何尝不明白？因为救人济世，才肯苦心练习本领，不过怕弟子的本领有限，救不了那人的性命。师父的能耐，可算登峰造极，没有干不了的事，由师父出山救人，真不费吹灰之力，何以师父这样的能耐，不亲自出山救人呢？即算师父怕亲自烦神，在师父门下的徒弟，不仅弟子一个，他们的能耐必然高出弟子以上，师父何以不打发他们出去救人，却偏要我这个起码徒弟到龙山去呢？"

狄龙骏笑道："如果要你去救别人，那人同你没有关系，老夫也不用令你出山了。无如我要你救的这人，是山西方光燮，你的终身，你终身的一瓣心香都蒸在方光燮身上。伊在龙山身有大难，你不去救他，你想叫谁人去救他呢？我令你改换男装，托说是方光燮的义妹到龙山去，凭我们的三个金钱，你此去绝没有性命的危险，将来你同光燮定有双双归来的一日。只是你不可说是我的徒弟，把你真姓名揭露出来，要紧要紧！"

舜英听说光燮身有大难，心里转急得阵阵疼起来，连说了几声愿去道："方世兄陷在龙山什么地方，请师父明白告我，弟子一日不救出方世兄，一日不回来见我师父。"

狄龙骏道："凭我们的金钱神算，在理智上推测起来，方光燮当失陷在龙山玉龙寺，那里的和尚本领大得骇人，便是老夫亲自前去，同他们硬来，怕也是不中用。你到龙山去，夜间到玉龙寺去窥探，果能取巧将方光燮解救出来，当然是造化，不能取巧将方光燮解救出来，非到万不得已的时候，不可同玉龙寺的和尚交手。若不幸被他们擒拿住了，就得将方继武大名抬出来，我想玉龙寺的和尚要处置你们死命，总拗不过方继武的颜面，劈竹碍节，或者还将你和光燮解放出来。你尽管放开胆量，此去绝能成功，没有性命的危险。不要再耽搁了，你就此到龙山去吧！"

　　柳舜英拜受她师父的命令，到了龙山，连夜到玉龙寺里，被唯静察破她的行藏，将她擒住。幸得空岩和尚因她是方继武的义女方琴姑，不许唯静对她无礼，柳舜英才得保全了贞节。

　　这些事实，是补叙前十回书中文字，前书有未叙明的地方，就得在此补叙出来，如果前文已经叙过的情节，再说便觉有些讨厌。倒是狄龙骏的金钱神算，未尝没有几分把握。不过当时的事，实难免横起波澜，舜英此去虽救不了方光燮，但他们同押在那大衣橱里，分明患难相共，祸福相同，师兄妹的交情，从此更觉浓笃。在方柳姻缘方面，实则添加了不少的热度，并且终有双双归来的一日。不是璇姑那面乾坤镜，如何能解救得光燮、舜英两人的性命？不是柳星胆到薛家坡去，如何勾引起薛家姨太太的情怀，借此解脱方璇姑的危难，为解救光燮、舜英的步骤？不是有姨太太香珠设谋出力，柳星胆如何同璇姑杀了空岩，报复他父亲仇恨？又如何容易将唯静四个贼秃都先后结果了，得同璇姑到玉龙寺隧道之下，杀了红莲教人，救得光燮、舜英两人的性命？

看书诸君到此，回想第五回末段文字，柳星胆眼中所见的事，狄龙骏口中所说的话，益复相信吴小乙娘的神算，果寓有鬼神不测之机，比较狄龙骏的三个金钱，更加明如镜见，不爽毫厘。可见人事有定而无定，在迷信神教的吴小乙娘，终觉无定者命，有定者数，命虽无定，但凡事总难逃一个天数。

话休烦絮，单说光燮、舜英同星胆、璇姑互谈之下，星胆仍将父亲的冤仇对舜英瞒起，只说因救方璇姑才到龙山，如何救了璇姑，如何杀锄玉龙寺的和尚，到地室中来，粗枝大叶，约略谈了个梗概。

说话时间，吴道人已领着他们出了地道，回到三宝殿上，不见一人。星胆、璇姑各迎风打了个口哨，也不见有香珠、芸香、韵香的声音答应，都不由暗暗叫了声："奇怪！"

忽然想起黎道人来，星胆走到殿前西北隅暗处，解除他身上束缚，掏去口中的布，问他姨太太是什么缘故，同两个丫鬟跑到哪里去了。黎道人吓得脸上变了颜色，半句也说不出。

璇姑便对吴道人说道："我看你同黎道人的为人，比较李道人略好些，既往不咎，望你们日后另寻生路，改过迁善，我们绝不愿意多杀，轻易伤害你们的性命。你放心，快劝你这表弟黎道人，把姨太太和两个丫鬟不见的情形告诉我们，若有半句虚伪，你就休怨我们手段毒辣。"

吴道人听罢，向璇姑叩几个头，转来向黎道人道："老黎，你不用害怕，哪里没有积德的人？姑娘们前来，绝不是要伤你的性命，你有话快说不妨。"

黎道人才镇定心神，向星胆道："既蒙姑娘们成全我的性命，谢天谢地，这可好极了。小道在这地方，看姨太太和两位姐姐在殿上看风，忽然有一道红光从殿外闪进来，只听姨太太、芸香、韵香的声音乱叫了几声哎呀呀，那红光闪到殿外去，倏然不知去向。再看已不见姨太太、芸香、韵香的踪迹，连哎呀声音也停止了。只听空间有个男子声音叫道：'青阳，我把这三个雌儿且带回山去受用，要到隧道中劫取那两个，有你去就好了，谅隧道下的秃驴绝想不到是我们前来，你见那里没有人，便可下手，便是吃他们事后察觉，你有飞行符，怕什么？料他们绝不能破坏红莲教的法术。'

"接着，又听另一个男子声音在地下回道：'弟子知道隧道里的贼秃绝不能危害弟子的性命，尽可乘机下手，师父请回去吧。'以后便听不见什么了。"

星胆听了，向黎道人道："你的话是真吗?"

黎道人道："我若有半句扯谎，就该天雷劈打。"

星胆道："薛家坡和玉龙寺两处地方，今夜发生这样变故，这地方谅你们也存身不得，你家有老娘，可同你这表兄，连夜带着你老娘到别处去吧，何处都不愁混到一碗饭吃。"

黎道人道："小道曾说家里有个老娘，那是小道的实心人说的假话，意思是想姑娘们垂念小道的孝心，开放小道一条生路。如今姑娘已答应成全小道的性命，小道何敢再撒个谎，实则小道是孤单单一个人，没有什么牵挂。"

星胆听他这几句话出于天真，益信他方才诉说红莲教人的话不假。两个道人连夜略收拾一些金银，逃出玉龙寺去。

这些事与《小侠诛仇记》书中没有多大关系，也就不用去写它。

单说星胆当时约会璇姑等在寺中略等片时，遂独自回到薛家坡去，从姨太太香珠的房中取了空岩的首级，也用一包打起，拎在手里。对薛家的人只说此去很为顺手，姨太太天明就一同回来了，薛家的人向星胆说了几声恭喜。星胆暗想道：姨太太香珠对我这样一片热心，帮我的忙，报复我父亲的冤仇，得以救脱方家兄妹及我妹子的险厄，她总算是我的大恩人了。我虽不能收她做姨太太，怕污蔑我的人格，增重我的罪过，但她他和芸香、韵香两个丫鬟被红莲教人劫去，生死祸福，都预难逆料。我回绵山去祭过我的父亲，若不央求我师父设法，将她们解救出来，抚心自问，我如何对她得起？并且红莲教人到玉龙寺来，所以要想救我妹子和方光燮的缘故，我也不能置若罔闻，并要请示我师父打听一个究竟。

星胆把这两件心事在脑海里浮沉着，及至回到玉龙寺来，恰不见光燮、璇姑、舜英三人又到哪里去了。星胆这一惊，更是非同小可，暗忖：他们莫非又被红莲教人劫去了吗？前次不见姨太太香珠同两个丫鬟，尚在黎道人口中问出那样来历来，想到香珠主婢的生死祸福，心里还有些割舍不开。这回黎道人已和吴道人逃出玉龙寺了，而宣告失踪的又是光燮兄妹和自家的妹子舜英，真比万箭钻心还苦痛。

究竟舜英同光燮兄妹到什么地方去了呢？

原来光燮在星胆回到薛家坡的时候，光燮忽然想起两柄剑来，便向舜英急道："你这柄雌剑，被和尚搜去，不知藏在什么地方。两个道人料想没走多远，我们赶上去问个明白。"

舜英道："哦，是了，不要去赶他们，且看雌雄剑是否藏在那个地方，方才我在仓促间，忘记搜取得来。"

光燮道："世妹这话从何处说起？我这柄雄剑，怕被那骗子带去了，未必便落到玉龙寺里。"

舜英道："你的雄剑怕没有被骗子带去，我的雌剑却落在唯静手里。记得前天上午时间，空岩将我喷醒过来，问我可肯降吗，我说：'不降不降。'

"空岩问我：'怎么不降？你有什么条件，老僧都依你。'

"我说：'要想我将来降服了你，就得先将我的宝剑交还我。'

"空岩说：'休说要我将你的宝剑交还，我便连那柄雄剑也交给你都使得。哈！你以为有了那柄宝剑，便想舍命来和我抵抗吗？从实告诉你，你们那两柄八宝雌雄剑使用起来，可算是白莲、红莲教徒的大敌，就因我知道那两柄剑有破灭妖法的效用，若用着它同有真功夫比试起来，转无异两柄普通的剑。这雌雄剑都放在地室中哪一所房哪一个箱子里，你就得了这两柄雌雄剑，也休想逃出玉龙寺隧道一步。'

我说：'雌剑是由唯静在我身上搜去，交你保存，雄剑如何也落到你手中呢？'

"那时空岩又对我说：'这柄雄剑，在那道士交方光燮骗来的时候，那道士并没知道这剑有什么用处，但看上面嵌着八宝，是个值钱的东西，将你交给了唯静，得了你的身价，却将这雄剑暗暗卖给了唯一，这事唯静并不知道。后来唯一在老僧那房里，看老僧搜得你这柄雌剑，同他从道士手里买来的雄剑大小、模样仿佛无二，便将这柄雄剑献出来，要我给他一柄雌剑。老僧说："雌雄剑同是一样的宝剑，要拿雄剑换雌剑，是什么意思？"唯一被老僧说红了脸，老僧登

165

时气道:"雌雄剑都由我收藏起来,你想老僧这柄雌剑,敢对方小姐存着无礼的心情,或仍盗劫这柄雄剑,看你有几个头够杀?这雄剑须得还给光燮,雌剑仍当还给琴姑,日后他们降服了老僧,便是还给他们雌雄剑的时候。"'

"我听空岩说这样话,重又改换口吻问道:'我不要你还给我们兄妹的雌雄剑,我不肯降你。'

"空岩几度向我威胁利逼,见我尚没有降服他的意思,仍将我迷翻过去。幸得他死在我哥哥和世妹的青锋、秋月阴阳剑下,及今想起前天空岩对我所说的话,未必便靠不住。"

光燮听了舜英的话,将信将疑,便由璇姑领着他们俩到地室下,在那所房那个箱子里一搜检,哪里搜检到两柄八宝雌雄剑呢?几乎在这房里搜寻遍了,也没有看见雌雄剑放在什么地方。

璇姑看那房里有一面穿衣镜,靠东壁摆着。搬开那面穿衣镜,砰砰一响,壁间便分开两扇门来,大家好生惊讶,由舜英托着一盏灯,同光燮、璇姑走进这套房里一看,原来里面四壁间挂着许多的宝剑,悬着许多的人皮,每张人头下面,有一堆骨殖,人皮上粘着红签,似乎看那上面还有字迹。光燮忽然一眼看见

166

东壁间挂着两柄宝剑，不由向舜英叫道："雌雄剑已得了。"

舜英这一喜，真是喜从天降。光燮取下雌雄剑来，一时也喜欢得忘了形，竟将雄剑给舜英佩好，雌剑却佩在自己身边。

舜英笑道："这玉龙寺的和尚很刁狡，却将这雌雄剑藏在此种地方，倒想来诈骗我。哪知也终有合浦还珠的一日。"

大家方欲出来，忽然璇姑说道："看这壁上挂着的人皮，也有色泽鲜明，像似剥下来日子不多的，也有干枯得根根汗毛都张大的，也有四肢、头面都完全的，也有断头项手或脚的，看去倒有好几十张。我们且细看每张人皮粘的红签上，是写些什么字迹。"

光燮被她一句提醒了，连说："使得使得！约略这时，柳兄尚未从薛家坡回得前来，我们也好仔细看看这些蒙冤而死的人，究竟谁和我们有点儿关系。"

舜英仍端着灯，璇姑又拿出那面乾坤镜来。三人在四面墙壁，分看那些人皮粘的红签字迹，写着某镖师某捕头之皮，谁也都是江湖上有名的好汉，那些人却和方、柳两家没有什么关系。忽然听得舜英叫一声苦，身体向后一跌，一盏灯掼在地下，以后却听不见她的声息了。

光燮、璇姑都不由大惊失色，借着乾坤镜的光辉，看舜英目闭唇合，身体躺得直挺挺的，好像已经死去了的样子。

欲知后事如何，且俟十五回书中再续。

第十五回

纯阳庙小侠客祭灵
方家村老英雄遇害

话说方光燮当向他妹子璇姑叫道："你看柳世妹已昏晕过去了。"

璇姑走近舜英身边，便轻轻将她抱起，搂在怀里，摘发扪口，又在她脐心间吹度了一口气，好容易才将舜英抢救过来。

舜英从昏糊之中睁开泪眼，脱口向璇姑叫了声："方世兄，我父亲死得好苦啊（不曰方世妹，而曰方世兄，描写光燮、舜英的情愫，在入微处用力，此是化工之笔）！"

璇姑哭道："妹妹心里的痛苦，不妨明以告我。"

舜英此时神志略清醒些，才听得是璇姑的声音，重行睁大着眼睛，回眸向光燮望了望，不觉握紧了璇姑的手，号啕痛哭。

舜英旋起身向光燮说道："世兄你看，那是写的什么？"

璇姑扶着舜英，同光燮走近一张无头的人皮跟前看时，那人皮色样很枯燥，上面粘的一张红签纸写着某月某夜在某处剥脱安徽黟山柳海峰之皮。

舜英哭道："这不是我父亲被杀的证据吗？看下面还有这一堆骨殖，也许是我父亲的骸骨了。"

口里这么说着，便咬破舌尖儿，一口鲜红的血吐在那人皮上，再用指甲揩剔，哪里能揩剔得去，舜英舌尖上的鲜血已浸入人皮，越揩越显得血色鲜明。再向那一堆骨殖上又吐一口鲜血，也是一样，不是她父亲的人皮、骨殖，还是谁的呢？

舜英这时转又吓得手僵足软，叫了声："苍天苍天，我父亲死去已有三年六个月了。说起父亲被杀的原因，我半点儿不知道，这堆骨殖里面，又没有头顶骨在内，看来我父亲的人头，不知存亡也未。我若早知我父亲被杀了，哪有心情在师父门下学艺三年呢？简直使我这三年以来，闷在鼓里，又没有亲自手刃仇人。不孝之罪，天地鬼神，如何还能容我？"

璇姑看她这种光景，便将当日薛瑾如何怒恼柳仁伯，被柳仁伯杀了个下马威，空岩如何将她父亲宰杀了，把人头放在弥勒佛神龛里，如何她父亲讨了狄老师的名片，想对空岩讲情，没有圆满结果，仅在玉龙寺里盗劫柳仁伯人头，如何把人头和名片送到黔山，由她和小乙的娘把柳星胆诱开黔山，如何慧远将她送到山西，如何调遣他们兄妹两人到绵山拜师学武，这番如何杀害薛瑾，如何锄灭空岩及玉龙寺的和尚，替柳仁伯报雪冤仇，柳仁伯的人头如何放在绵山石洞，通前彻后，璇姑约略说了一番道："我父亲当时打算令尊的尸骸被空岩抛弃或掩埋了，想不到还在这里。幸得令尊的大仇已报，停会儿柳兄从薛家坡取得空岩的首级，好回到绵山，祭奠令尊在天之灵。你也毋庸悲伤过分，好留这有用的身躯，兄妹俩在江湖上干下一番轰轰烈烈的事业，那么令尊大人也含笑九泉之下了。"

舜英听她说完这话，向光燮哭道："照璇姐姐这话讲起来，那时凭我一点儿能耐，要舍身报雪我父亲的大仇，我岂不知无济于事？但我宁可拼着一身剐，也要把皇帝老子拉下马。你们竟把我父亲的冤仇都对我瞒得铁桶相似，想你们这些人，哪个有点儿人心？"

说到这里，又像有些要昏晕的光景。

光燮道："世妹不用气苦，我们将令尊大人的冤仇始终对世妹瞒着的缘故，就因怕世妹报仇的心思太急，也许要生许多祸变。我们的苦衷，总该得世妹的原谅。如今令尊大人的尸骸还搁在这里，请世妹亲自包起，带回厝葬，也叫死去的柳仁伯英魂安慰。"

舜英才节止哀痛，脱卸一件外衣，将人皮和骸骨都包扎在里面，遂同光燮兄妹二人出了隧道。看星胆在殿上东张西望，像似很吃惊的样子，彼此说明缘故。星胆只说了："父亲阴灵保佑！"说毕，不由哀哀痛哭起来。

舜英也只向他叫了声："哥哥，你瞒得我好苦呀！"简直忍不住，和星胆相抱而哭。幸得光燮兄妹从中解劝，星胆才把悲声收住，便转来劝着舜英。

舜英尽量把眼泪流干了，看天气已经不早，大家才出了玉龙寺，回向绵山石洞去。

玉龙寺杀死四个和尚，连那三个香火道人也宣告失踪，并且薛家坡也不见了姨太太香珠及芸香、韵香两个丫鬟。这两件奸拐谋杀的案件发生起来，地方上总该担着干系，但是玉龙寺已寂无一人，薛家姨太太生死未卜，家中的仆婢怕将这案子说出些证据来，须牵起绝大的波澜，也就将星胆、璇姑同姨太太到玉龙寺去的种种事情瞒起，两处俱没有当事人追求官府。地方上实在因为这两件案子更闹得大了，再不能隐匿不报。总之那时的法律尚属萌芽，凶手拐贼都不得着半点儿线索，还不是由官府方面讹诈薛家仆婢及地方上几个钱，鼓文弄墨，令捕役们捉羊捕鹿，拿获几个小贼，屈打成招，销去这两个大案。这些情节，虽然无关重要，然而我做小说的，不有个交代，恐怕有人说我在这地方出了漏洞。

且说星胆、光燮、舜英、璇姑四人回到绵山石洞，见了狄龙骏，禀说如此。

狄龙骏泪流满面，收出海峰的人头，待星胆、舜英将空岩的首级在他父亲尸骨面前祭奠已毕，且将他父亲暂厝在石洞后厅上，把空岩的人头抛弃了。看光燮、璇姑在石洞之中向星胆、舜英慰唁许多节哀的话，便在狄龙骏面前请假，要回到山西，看视他的父亲方继武。

狄龙骏暗暗向光燮、璇姑两人叫了声可怜，且不答他，转来向星胆说道："你父亲的冤仇已昭雪了，你曾对我说，薛瑾遗妾香珠同芸香、韵香两个丫鬟在玉龙寺失踪了，知是红莲教徒做下不法的事，参想光燮、舜英几乎也被红莲教人劫去，这两件事在你心里浮沉了许久，你总该要到红莲教中一行，探听他们要劫去光燮、舜英的缘故，并访查香珠、芸香、韵香的下落。要问我红莲教人匿迹在什么地方，想我帮你一同前去，我当时要答复你的话，只因有另一种事，扰乱我的情怀，没有急切地答复。我费了几许的思索，直到现在，才是答复你的时候。

"红莲教的教徒匿迹云南金马川地方，声势虽不强壮，妖氛却异常浓厚，你一个人是去不得。我在势不能帮你一行，就得令方家兄妹和舜英同你前去。你们若不露出真名，借着化装的妙用，且有乾坤镜、阴阳剑、雌雄剑不离身边，只要遇事略机警些，待人略谨慎些，便能瞒得过红莲教人的耳目，没有什么危险。总之，红莲教的火焰也合该扑灭在你们手里。"

星胆听完这话，两眼注视璇姑，舜英也闪动秋波，不住地望着光燮。

只见光燮进前禀道："师父令弟子兄妹同柳世兄到金马山去，何敢违逆师父的命令？但是弟子此刻想起我的父亲，仿佛看见我父亲惦想着我，弟子此心一动，恨不能立刻飞到山西，得见我父亲，其余的事，也不暇顾问了。"

璇姑也接着说道："怎么哥哥所说的话，就同我心坎里挖出来的样子？"

狄龙骏道："你父亲这时还惦想你们，也该前来看望你们了。"

光燮道："弟子仿佛看见父亲惦想我，这两夜以来，都见我父亲向我哭泣。父亲却想我，又不来看我，弟子不回山西，如何便得见我父亲呢？"

璇姑也接着说道："弟子在这两夜以来，和我兄长是同样的幻梦，弟子就想立刻回去看我父亲，哪里等得及我父亲前来，这缘故连弟子也有些解说不开了。"

狄龙骏听罢，心里阵阵刺痛，忍不住洒下几点英雄泪来，很悲怆的声音叫了声："苍天苍天，儿女情长，怎使着英雄气短？"

光燮、璇姑看他师父神气不对，陡然说出这几句话来，暗暗吃惊不小，不约而同地问师父说些什么。

狄龙骏含泪道："你们要到山西去看你父亲吗？谁知你们早回来十日，还得同你父亲相逢一面。如今你父亲已死，要相逢，除非在梦中相逢了。我劝你们还是到云南去，虽然帮助星胆扑灭红莲教的火焰，实则报雪你们不共戴天的冤仇。"

璇姑听到这里，一缕芳魂早在身体上飘荡无定，花颜失色，扑簌簌早挂下两行血泪来。光燮如同痴呆了一般，只顾乌黑黑的眼珠在他师父面上出神。便是星胆、舜英，也因凭空间掉下这么大的祸，想起方继武平时待他们的好处，两人四目也有些红肿起来。

狄龙骏又拭泪说道："我不忍对你们便说出方老英雄冤仇，怕你们听了，心里必很难过。但是终须要给你们知道，就不若索性早点儿告给你们吧。璇姑身边一面乾坤镜，你和舜英身边分佩着两柄八宝雌雄剑，本是你方家传家的至宝，想不到你父亲这次被害，追原祸首，总结怨在这乾坤镜上。

"这雌雄剑和乾坤镜是你祖父建侯公从一座枯井里得来，建侯公在乾坤镜上很铲除白莲教、红莲教中许多不法的教徒，这是建侯公很有价值的英雄史，你们必然知道得很详细。建侯公既在这乾坤镜上享着鼎鼎的大名，上怨所归，竟结下你父亲的祸根来，伤了他的性命。

"当初徐鸿儒主持白莲教，这白莲教的势力异常膨胀，谁知天下事有奇必有偶，有个徐鸿儒创兴白莲教，就有个田广禄暗倡红莲教，他们两教人的法力，虽与吃人不吐骨子妖魔相似，但来历很是不错。徐鸿儒和田广禄由冰炭而成胶漆，红莲教的门徒虽不及白莲教披靡天下，但法力比较白莲教稍高，行径亦比白莲教人诡秘，他们有多大的法力，便犯下多大的罪过。若由官府方面破坏他们的法力，将他们擒住了，用国法来处决他们，哪怕处死得极残酷，他们两教的教徒只有叹息委诸气数，一不怨天，二不尤人。但听得有江湖上人，不问是谁，帮助官府扑灭他们的朋党，这怨毒就结到谁身上来，子子孙孙，都不容易和解。

"白莲教的首领虽直接死于官府，实属间接死在建侯公的手上，红莲教的田光禄也算死在建侯公的乾坤镜上。白莲教的首领既诛，党羽日就擒杀，当初的势焰越大，后来扑灭得越迅疾，并且官府事后知道破坏白莲教的方法很多，不独那一面乾坤镜，简直擒杀白莲教徒，没有个幸得容身的所在。所存者是类似白莲教的邪法，然亦不敢明目张胆，妖言惑众了。

"红莲教的邪法本来比白莲教还强，教徒的手腕又比白莲教徒厉害，当时漏网者很多，连建侯公也想不到红莲教人尚有未经铲除的余孽，为子孙将来的后患。

"我这时探得红莲教在金马山已活动了，并且主持红莲教的是田光禄的徒弟薛天左，我想乾坤镜又不在你父亲身边，雌雄剑又由我传给你和舜英二人，就蹰蹰了。到薛天左要到山西寻仇，很有些替你父亲心惊梦怕，准备到你家中去，劝你父亲且到我这里避避风头。谁知我到你家看时，只见一个四十来岁的南方人，同你父亲对面讲话。我向那人请示姓名，那人不肯说，只说：'我师父同方君的仇怨甚深，我特来替师父报复前仇。'

"我又问：'尊师是谁？同方君有什么冤仇？'

"那人又不肯说，只说：'当初方君的拳术上略留点儿交情，我今天也没有报仇的事了。我师父当初被方君打败，这是我师父丢面子。我今天若再被方君打败，不能给我师父报仇，把我师父的面子更丢尽了，我还好意思将我们师徒的姓名在事先说出来吗？'

"我当时只道他的话是真，因你父亲少壮时，练习得浑身气力无可用处，和江湖上人三言两语不和，就动手厮打起来，被他打伤或打败的人，实不在少数。看这南方人，眉毛上很有精彩，不待说，是个内行角色，转存着怜爱他的心思，暗想：'两虎相斗，必有一伤。'若那南方人被你父亲打伤了，很是可惜，便出面调停其间。那南方人很显出怏怏不快的神气。

178

"你父亲却对我说道：'他对老兄现出这样神气，是因老兄代我说情，怕我精力衰颓，不是他的对手，所以才对他这样说法。不过我已上了这一把年纪了，就打死了，我也死得过了，有那样糊涂不明的师父，就有这样鬼鬼祟祟的徒弟，师父怕老不敢前来，却叫这壮大的徒弟前来，我算占了上风了。'

"那南方人听他的话，遂向我冷笑道：'如果方君肯说服老的话，我就从此罢休，不要再种下徒子、徒孙不解的冤仇。若方君句句要占我上风，要请尊驾参一句公道。'

"我听了南方人的话，疑心他防备我暗中帮着你父亲的意思，事情已和解不来，我若帮助你父亲，便不合情理，且料南方人未必是你父亲的对手，只得让开一边，看他们到天井中，站立门户。谁知还未交手，那南方人忽然用手在头发上一抹，便有许多火球从头上射出来，说时偏迟，那时却快，火球射到你父亲身上，一瞥眼，便不见南方人的踪迹了。

"那些火球在你父亲身上焚烧，顷刻间已烧得皮骨灰扬，连尸首都没有了。我才猛吃一惊，这分明是红莲教徒使的妖法，来替田光禄报仇的。"

欲知后事如何，且俟十六回书中再续。

第十六回

燕斥莺嗔街头逢美婢
鸾囚凤槛帐底唤文君

话说狄龙骏又接着向下说道："这类火球，是红莲教徒最拿手的妖法，很不轻易练成，练成了这妖法，在红莲教中必占有重要的位置。不过碰到乾坤镜和雌雄剑这两件东西，他们这妖法就没有用处。那东西怕你父亲身边现带着雌雄剑或乾坤镜，不敢冒昧下手，吃你父亲察觉了，这么做作一番，瞒过你父亲和我两人的耳目，冷不防用火球将你父亲烧得骨化灰扬。跟后又起了一阵狂风，连残灰都刮得乌有了。我想到你父亲一身的英名，竟是这样结局，对着那湛湛青天，能不洒却一抔的泪？

"在当时只知是红莲教人害了你父亲的性命，并没有估定这红莲教人便是田光禄的徒弟薛天左。后来看厅上遗下个小小包袱，据你家仆人说，这包袱是凶手遗下来的。我拎着那包袱一望，好像没有多少东西，解开包袱，看里面放着一套红莲教徒的服装，并一把师刀。那师刀上嵌着'天左'二字，才想那东西就是现在金马山红莲教的首领薛天左。

"我几次想到金马山去，给你父亲报仇，就因身边没有乾坤镜和雌雄剑两件东西，又有小乙的娘到我石洞中来，向我说道：'方继武果然被薛天左暗害了，冤有头，债有主，薛天左不应该死在你手，你就有乾坤镜、雌雄剑放在身边，也犯不着你到云南去。将来红莲教的余孽定铲除在你那四个徒弟手里，你等他们回来，过几天时，就打发他们到金马山去，改装易姓，混入红莲教门，自然有他们诛杀薛天左的时候，要你忙些什么？你不能出面到金马山去，便去也没有用处。'

"我想小乙娘的武术虽然及不上我，但她是个有道力的人，自从你父亲替我们介绍以来，我就相信她是个女中诸葛，她对我所说的话，事后没有一句不是明如镜见。我现在将你父亲的冤仇已告诉你们了，只是你们一路到金马山去，要节哀略礼，不可轻易露出自家的行藏。"

光燮、璇姑听罢，只得忍痛拜受。四人都改易男装，扮作卖解人的模样，一路到得金马山来。只延搁三日工夫，可见他们练气的本领，到了步履如飞的地步，涉水登山，已非同小可。

在金马山一座市镇一所街道上，看见有许多男男女女，七言八不齐地在那里阵阵吵嚷起来，你道是什么缘故？

原来那里有一爿胭脂店，专卖妇女的胭脂花粉，站柜的是个十七八岁油头滑面的小伙子。胭脂店中利用这样人站柜，是因他们有这脸蛋子，能讨得女孩儿的欢心，借此好招徕买胭脂的主顾。并且这小伙子又会说得几句叫女孩子听了开心的话，因此那地方一班女孩儿们，你也要到这店里买些胭脂，她也到店里买些花粉，大有应接不暇之势。

这天，有一个丫鬟到他店里来买胭脂，看小伙子拿出来的胭脂还嫌色泽欠鲜，小伙子嘻嘻地说道："我这店里的胭脂本来是一等一的货色，姐姐不信，不妨在唇上点一点，就看出它的好处来了。"

那丫鬟笑道："且将这胭脂点在你唇上给我看。"

小伙子真个拈了块胭脂，在自己唇上点了又点，倏地把个嘴凑到那丫鬟唇边说:"这胭脂点在我的唇上,没有意思,也看不出这胭脂的好处。请姐姐把我唇上的胭脂吃到你的唇上,颜色就格外显得鲜红,不红也卖不到钱。"

在旁的妇女听罢,都扑地笑起来了。

那丫鬟娇羞满面,登时转了怒容,向小伙子骂道:"死不了个杀千刀的,你卵子大个人,也想讨姑奶奶的便宜!"

接着便听得扑的一响,那丫鬟早伸手一巴掌,打得小伙子脸上红肿起来。

这时,主人不在店里,小伙计觉得脸上有些麻辣辣的,也就恼羞成怒,指着那丫鬟骂道:"你这千人唤万人骑的泼辣货,你敢向我放肆!你仗着是红莲教人的徒狗,你站稳了,你们这红莲教违背国法,省里知道要杀头的。"

那丫鬟也骂道:"你这杂种小东西,应该拿着姑奶奶开心,看你这个鸟样儿,敢得罪我们红莲教人?你这瘟店,可是天王爷爷开的?"

这当儿,早惊动街上的人,大家前来看热闹。那小伙子转吓得没话说。

丫鬟一面要罚小伙子在大街跪一炷香,下次不许他对女孩儿们公然无礼，一面回头告诉看热闹的人，说她自己有理。

忽然，丫鬟分开众人，走近前一把将星胆拉住，说："这不是……我在这里被人家欺负了，爷见了也该替我不平。"

又向那小伙子道："且饶恕你这鸟东西吧，我要同这位爷去说几句心事呢。"

这时，璇姑也见那丫鬟好生面善，忙同光燮、舜英走得前来。

璇姑向那丫鬟问讯道："原来是韵香姐姐，你家姨太太呢？可在这地方没有？可怜这位爷想她得很。"

韵香向璇姑望道："你是谁？"忽然笑起来说："是了是了，我带你们见太太去，这两位也是你们同来的人吗？"

光燮、舜英嗳嗳答应了几个"是"字。星胆道："姐姐放尊重些，你这样扯着我，成何体统？"

韵香笑道："这总怪你们北方人不懂得我们南方人的风俗了，我们女孩子见了男人，总该同这男子扯扯手，才算有礼，若是放尊重些，就显得彼此生疏起来。现在我们的老爷不在家中，爷爷尽可放心去会太太，要谈机密话是很容易的。"

边说边领着星胆四人出了街镇，走到一座山庄。看见有许多人，排班也似的排列在大门口，佩刀带剑，身上并没有穿扎红莲教的制服。

韵香对那些人道："这四位都是姨太太的乡亲，要入红莲教门，到太太房里点个名。"

那些人便将刀剑向星胆四人扬着，倒把他们转棱得趔趄起来。

韵香笑道："众爷爷休得害怕，这是教中人对你行礼，不要把'焉'字当作个'马'字。"

星胆、璇姑、光燮、舜英四人方才放心，随着韵香走进了门。又有许多人前来查问，韵香总以前言对付，那些人都同他们各行了个握手礼。直行到最后一进，韵香将他们送到她自己的耳房里。原来这一进是香珠、芸香、韵香住的，除了教主薛天左，其余的教徒不敢轻易进来一步。

韵香请星胆四人在她房里坐下，便走入厅中。去不一会儿，却是芸香来了，说："众位爷来得好，可把太太想坏了，太太请众位爷在房里见。"

星胆、璇姑、光燮、舜英四人随着芸香跨入那太太的房门，果见炕沿坐着个二十来岁的丽姝，蛾眉怠展，星眼慵抬，身上穿着红红绿绿的衣裳，见了星

胆，也不知她是悲是喜，请星胆四人坐定，暗暗向光
燮、舜英问讯一番。

香珠含着满泡眼泪，向星胆低声说："是我辜负
了你，叫我今天本没有这张脸见你。"说了这两句，
不由双泪如潮，哽咽得半句也说不出。

星胆转抚慰着她道："你也不用如此烦恼，我既
然怪你，何苦来赶到此地寻你？我看你并不曾死，心
里总还欢喜，忍小节而全大志，这是你的作用，前路
茫茫，安知你我没有亲爱的日子？"

香珠忍着泪，又望光燮、璇姑、舜英说道："我
这次被薛天左带到金马山，破身失节，总为的你们三
人，幸得柳爷同你们都来了，我的死期不远。我死以
后，柳爷有时忘记我，你们可以替我时时提醒他，不
要忘记了我这薄命苦鬼，每逢清明、中元佳节，请他
在郊外爇一瓣香，烧几张纸钱，唤着我的小名儿，临
风洒一掬同情之泪，我就受用不浅。可知我死后的魂
灵，哪一时肯离开他的左右。"

星胆道："姨太太这话太藐视我了，我不知是哪
件事讨你的厌，竟对我说出这怄人的话，难道我当初
同你相识，是专要占据你这身体？你们女人家，总是
生就这样死心。"

香珠摇手道:"轻一些,我同你们谈的话正多呢!"说着,叫芸香、韵香站在房外,防着外面有人前来窃听。

姨太太又向光燮、舜英二人问道:"你们可是姓张?"

舜英会意,知是香珠叫她改换名姓的意思,便指着星胆说:"这是我长兄张锡纯。"又指着光燮说:"这是我二哥张锡嘏。"又指着璇姑说:"这是我三哥张锡书。我的名字,就唤作张锡朋。"

姨太太不由笑了笑,捧出名簿,叫他们各在那上面签了名字,彼此低声谈叙多时。

原来姨太太香珠同芸香、韵香两个丫鬟,那夜在玉龙寺三宝殿上看风,被红莲教首领薛天左冷不防使用起缩身法来,将她们三人的身体缩得同出娘胎的婴儿相似,一齐揣入怀中,使起飞行法,连夜回到金马山,仍用法追还她们的原形。香珠因他的法力大得骇人,自己虽练习一身本领,若冒昧同他比较起来,实不啻飞蛾投火,只问:"你是什么人,什么事到玉龙寺来?把我们主婢三人带到这地方,又是为的什么?"

薛天左见她毫没有半点儿违抗的神气,便抬出他的大名来,说道:"我是红莲教的薛天左,本来同玉龙寺空岩和尚也算是朋友，因为到山西去结果了方继武，报复当初田教主大仇。

"后来在玉龙寺会见空岩和尚的徒弟唯静、唯智，探听得方继武有个儿子方光燮、义女方琴姑，软困在玉龙寺隧道之下那一所房间那一个大衣橱内。我当时听得这样话，就想将光燮、琴姑两个讨回，斩草除根，结果这两个人的性命。唯静、唯智不敢做主，非得他师父空岩和尚回来，他师父肯将光燮、琴姑让给我，他们不敢回说个'不'字，他师父不肯将光燮、琴姑让给我，他们不敢回说个'是'字。空岩和尚的性格，我是知道的，他若是求你，同你有交情可讲，若是无求于你，就同你没有交情可讲。我想唯静、唯智的话，就是空岩和尚的话，唯静、唯智既不敢擅自做主，将光燮、琴姑让给我，我要在空岩面前讨回这两个人，实在很不容易。回来就同我徒弟苗青阳商议，与其讨不到光燮、琴姑到教中处决，就不若将他们两个从那大衣橱里盗得前来，便吃空岩知道了，我们又不怕他，哪有什么要紧？青阳曾随我到过玉龙寺，那隧道里的机关，他完全知道，我当夜便带领他到玉龙寺去，总以为暗盗光燮、琴姑是手到擒来的事。

"我到玉龙寺，月光下，一眼看见你们三个人在那里瞧望着。最令人注目的，是你这个好模样儿，一落眼就深深嵌入我的心坎，就将你们带到这地方来，只叫青阳单身到隧道里去盗劫琴姑、光燮，凭苗青阳的法术，不是盗劫不来的。但我现在因青阳尚未回来，却怕他万一发生意外的祸变，我倒有些后悔了。不过我就放过琴姑、光燮两人，也未尝不可，只怕他家里有的是乾坤镜这件东西，我若放他们不死，容留他们养成羽翼，将来冤冤相报，总该有前来寻仇的时候。

　　"今天我同你成就了好事。若果青阳不能将光燮、琴姑盗回，明日晚间，我到玉龙寺去，当面同那个空岩贼秃为难，不怕他不将这两人交给我手。"

　　香珠道："你这话未尝说得不是，只是凭天良，觉有些讲不过去。你师父的怨仇已报，人家兄妹可是被难的人了，你偏要斩草除根，结果他们的性命，凭你这样的法力，即令王法不能奈何你，天理也就容你不得。"

　　薛天左笑道："天理良心，在现今世界中，若说到这四个字，包管你一步也行不去。我的一生幸福，都是从不存天理良心四字上得来，如果我处处存着良

189

心，无论不能继兴这红莲教宗，便继兴红莲教宗，于我又有什么好处？有许多人口口声声说是天理良心，他们的意思，就同我反对得很，天生我们这样人物，只是今生快乐到了极顶，什么良心天理，哪还顾得许多？好人，我适才说的光燮、琴姑两人，你心上果然要我赦免了他们，我就看你情面，且寄下他们性命，再设法取着乾坤镜这件东西，就不怕他们前来寻仇了。"

香珠扭头道："你赦免他们也好，不赦免他们也好，你不存天理良心，与我有什么相干？你要我答应你什么事儿，你还不肯存着一点儿天理良心？"

薛天左笑道："我叫你答应我这件事，你就做我的太太，我取得乾坤镜这件东西，我断能依你。"旋说旋向芸香、韵香努一努嘴。

芸香、韵香晓得是薛天左支开她们的意思，才走出房来，薛天左已砰地把房门关了。芸香、韵香被关在房门外，只不知香珠答应薛天左什么事儿，便有几个女教徒收拾两个房间，叫芸香、韵香住下。

第二日，薛天左起身，走到厅上，不但没听得苗青阳没有盗回光燮、琴姑两人，连半点儿的消息也没有。薛天左不由踟蹰起来，晚间到玉龙寺去仔细一探听，才知唯静、唯精、唯一、唯智四个和尚也在昨夜被人暗杀，空岩且不知去向。又到地道中探视，见苗青阳尸首躺在那里，那大衣橱倒在地下，扃锁双启，里边一个人也没有。但不知是谁杀了苗青阳、擒了空岩及四个徒弟。回来将这件事告诉香珠，唯有香珠心里却是十分明白。

薛天左时刻防范着光燮二人的心思，这两日见没有什么动静，心里也就略稳帖些了，遂将教中琐碎事务托香珠管理，自己却又转到山西寻访一回，谁知他的对头已到了金马山了。

欲知后事如何，且俟十七回书中再续。

第十七回

薛天左帐外泄真言
许香珠愁边使妙计

话说香珠同柳星胆、舜英、方光燮四人叙谈多时，又低声说道："我在那夜时候，曾含笑对薛天左说：'我是山东人，姓许，被空岩和尚把我们主婢拐到玉龙寺，略教授一点儿武艺，其实我没有半点儿心在和尚那里，就因和尚做事不存良心，无端要玷辱人的名节，坑害人的性命。'

"薛天左心里虽未必听信我这番话，面子上却不好意思怎样的违拗我，反说我心术可靠，要将教中的琐屑事务叫我管理，欲买我这一颗心。在他第二次从玉龙寺归来的时候，曾问我：'空岩和尚如何不在玉龙寺，他四个徒弟怎么被人暗杀，我徒弟苗青阳也杀

死在那地方，衣橱中并不见有什么人困在那里。'

"我说：'玉龙寺的和尚说话很刁滑，我在寺中也只知空岩和尚软困方家男女的事，并不知软困什么地方，若说是空岩和尚将他四个徒弟杀死，并杀了苗青阳，将方家男女带到别处去，这事在情理上看来，都很不确。'

"薛天左点点头，照他的理智推测起来，说：'世界上有大本领人很多，古语说得好："强中更有强中手。"安知没有武术界中人物，本领强似空岩和尚的，同他结下冤仇，将他擒住了，就在那时间，劫了方家男女，杀了苗青阳，并杀了唯静四个贼秃呢？不过方家的乾坤镜未到我手，我在结果方继武的时候，没有检点到此，及今细想起来，心里总有些后悔。'"

香珠说完了，大家又谈了许多关心的话。

舜英低声道："太太这时知道那化名方琴姑的，就是愚妹柳舜英了。承太太的情义，设法要挽救我和方世兄的性命，虽然理想和事实有些不同，但太太这番情义，总使妹子感激不尽。我们这番前来的意思，太太已完全明白，用不着我们再说了。雌雄剑有两柄，雌剑在我身边，雄剑放在方世兄身上，乾坤镜是一面，拆开来却是两面，乾镜由我兄长带来，坤镜揣在璇姐怀里。论起这两件东西，要算稀世法宝，用它制杀传习妖法的人，比《封神榜》上广成子的翻天印、哪吒三太子的乾坤圈还要厉害十倍。雌雄剑要用本领使出来，必须要谙习会使这剑法的人，才显得它的好处。乾坤镜却比雌雄剑又不同了，不拘什么人都会使用，一不用念咒，二没有什么使用的方法。用乾坤镜照着使用法术的人，这使用妖法的人当然是逃不了，即不然，无论把乾坤镜放在什么地方，给使用妖法的人看见了，也就再休想逃脱他的性命。

"如果我们知道薛天左到山西去，要盗劫乾坤镜，就好将这镜放在方府，容容易易给他盗着了。他在使妖法的时候，看见这面镜子，难道他还有逃脱的希望吗？于今他已到山西去，我们再将这镜子送到山西，给他盗着，似这么处置他的死命，又怕理想与事实有些错误了，只好等他回来，再处置他的死命，好为方仁伯报雪冤仇。在太太的意思，以为怎样？"

香珠听了，尚踟蹰没有回答，星胆看出她的意思，便向她低声问道："姨太太知道这红莲教共有多少党羽吗？当日方世兄的祖考建侯公疾恶如仇，本同红莲教妖人在势不两立的地位，方世兄善承建侯公的遗志，不但要报雪不共戴天的大仇，他的志愿，非将红莲教的余孽完全扑灭了，总觉将来死在九泉，无颜得见先人一面，子子孙孙都在江湖上说不起话。"

香珠点头道："我所踟蹰不即发言，就因为这些缘故。论红莲教的党羽，不下数百人，就中谙习法术的人尚属有限几个。因为红莲教的妖法，最是难学，不下过二三十年的功夫，还要资质灵敏，绝学不得红莲的真法术。

"在近几日我曾听薛天左说：'近来入教的教徒，有在二三年前入教的，有在去年今年入教的，虽有时也穿着红莲教的制服，真是驴蒙虎皮，一些能伤害人的法术都不曾领会的。如果在这一二年或二三年的工夫，要学别的本领，虽然不能成功，至少也略懂得伤人的一点皮毛，可是用来学我们红莲教的法术，连个伤人皮毛也没有。但是这句话，第一机密我要你做我的太太，不劝你学红莲教的法术，并知道你爱我彪壮俊伟，对我的心肠靠得住，我才在情人面前卖弄我们红莲教的功夫艰巨。这件事传扬出去，上至官府，下至小百姓们，更有谁畏怯我们的党羽众多、男女教徒的妖法都厉害呢？'

"我问他：'怎样的法术能伤害人，怎样的法术不能伤害人呢？'

"他指着两张机凳说道：'这是两张机凳，在我们红莲教的人，法术没有能练得伤害人的地步，要这两张机凳变成两只虎，这两张机凳也能随心所欲，立刻间便变成两只虎一般张牙舞爪，齿巉巉、目眈眈，扑到人面前来，露出要吞噬的样子。究竟论起原质来，仍是两张机凳，不是两只虎，所以论到这法术的功用，不能将原质真当其他的东西使用。这两只由机凳幻成的猛虎，也只能吓人，不能伤人。譬如这是一把豆子，我们红莲教的人法术没有练得伤害人的地步，要这一把豆子变成十万雄兵，也能随心所欲，立刻间便变成十万雄兵，一般也摇旗呐喊，舞刀弄枪，扑到阵前来，雄赳赳、气昂昂，显出要杀人的样子。究竟论起原质来，仍然是一把豆子，所以论到法术的功用，不能将原质当其他的东西使用。由这一把豆子幻成的十万雄兵，也只能吓人，不能伤人。这种不能伤人的法术，换过来说一句，就是变戏法，江湖上走马卖解人中，会变这种戏法的很多，所学也就是这种类似我们红莲教不能伤人的法术。'

"我又问他：'然则你在红莲教中，班辈又老，资格又高，你的法术能伤人，自然能将这东西原质真当其他的东西使用了。'

196

"他说：'要用原质真当作其他的功夫使用，谈何容易。就是法术练得极顶的人，也没有这般本领，能伤人的法术并不借外物作用，仍由我心肝五脏练出来的真功夫、真法术，才能伤害人的性命。这种真功夫、真法术，便有人指窍导窍，岂是十年八年所能练成的吗？'

　　"我又说：'你们红莲教多有谙习献身法、缩身法、隐身法、飞行法，难道这几种功夫也难学吗？'

　　"他说：'缩身法最是难学，非法术上到了七八分火候，没有这样能耐。因为这缩身法，也不借外物的作用。飞行法专借符箓的妙用，有了那样符箓，寻常人俱能在空中飞驶，岂仅我们红莲教人能在空中飞行的？献身法、隐身法，也都是变戏法的作用。你所说这四种法术，除非去除缩身法，论其他三种法术，在本质上都不能伤人，都借外物作用，不得谓之红莲教的真法术，缩身法是能伤人的法术。'

　　"我又说：'你还对我虚情假意说出这些骗我的话，你是爱我的，想我做你的妻子，何苦用缩身法伤害我们主婢三人呢？怪不得我在空岩跟前打熬的气力，这时总觉软洋洋的，半点儿气力也没有了。'

　　"他说：'我是爱你，不肯伤你性命的，所以使用这缩身法，仅把你们平时练出来的气力都弄得乌有了。要是想伤害你们的性命，只需一月工夫，你没有归还原样，这性命就押到阎罗王案前去了。你学本领，是要保护你身体的安全，有我这红莲教的首领保护你，你就有多大气力，也用不着了。'

"我又说：'你在红莲教中，算你是个首领了，我做首领的太太，我的造化可也不小。但是红莲教练得能伤害人的法术，只有你一人吗？'

"他说：'我们红莲教分天、地、人三班，天字班的老前辈，只我师父和我师伯两人。我师伯去世得早，没有传下徒弟，我师父的门下人很多，能列在地字班的，也只有我们师兄弟五个，法术只略有上下。人字班中，都是些变戏法的教徒，没有真能伤害人的人物。你试打开名簿看时，地字班中第二名，就是我的二师弟朱峄元，第三名就是我三师弟贺也五，第四名是我四师弟贺也六，第五名是我五师弟燕鹏。'

"我说：'这几个人，我都认识。前三天，你们在大厅上吃酒，我在屏门窥探，那络腮胡子，同刺猬一般，面皮像煮熟了一只大蟹，那可是你二师弟朱峄元？那个大眼睛，长眉毛，鼻孔掀天，胖胖的脸，可是你三师弟贺也五？那个黑炭似的面皮，两眉倒竖，

两眼圆睁，口里吐出两个大牙，可是你四师弟贺也六？那个瓜子脸，紫糖色的面皮，左颧上有一撮毛茸茸黑痣，可是你五师弟燕鹏？'

"他问我怎么知道的，我说：'有什么不知道？朱崆元不是同你并肩坐着吗？贺也五坐在你的对面，贺也六坐在朱崆元对面，燕鹏不是坐在横头，拿着一把酒壶斟酒吗？'

"他笑起来了，说：'我们虽习得这样好的法术，哪里及得上你们女孩儿的心思细致。'

"我这日听他所说的话，都印入我的心窝儿里，你们要下手将薛天左结果了，算是替方老英雄报雪大仇。然而他们师兄弟五人，有一个未死，将来贻害无穷。你们都具有行侠仗义的心胸，不能再给红莲教的余孽左道惑众，荼毒天下后世的人。并且这几个人，有一个人存在一日，冤冤相缠，报无休止，终为你们的后患。不若慎重其事地想个计较，把这五个东西一网戮尽，公仇私仇，都已昭雪，这是英雄快心的事。这五个东西，在红莲教中，要算五个龙头，其余人字班中的教徒见这五个龙头伤害了，正所谓龙无头不行，他们的红莲教的势力就该立时瓦解。即令仍在暗中兴妖作怪，但红莲教最厉害的法术既已失传，这些变戏法的东西，一经把他们变的戏法拆穿了，他们也只好在江湖上变戏法讨生活了。白莲教前头的鞋子，还不是红莲教后头的样子？请你们仔细想想，我这话说得对不对？"

光燮、璇姑一齐低声说道："我父亲的大仇固当昭雪，对于红莲教的余孽固当歼除，凡事该听太太的吩咐。"

香珠道："你们可有什么好法子，帮着我筹划筹划？第一不能打草惊蛇，若这五个人走脱一个，那就煞费踟蹰，恐怕你们将来还保不住没有性命的危险。好在你们的面目，薛天左都未会过，你们都对他说是我的乡亲，也瞒得过他的耳目。"

星胆、光燮、璇姑、舜英四人听了，便你一言我一句，低说了好一会儿，都觉得不甚妥帖。还是香珠后来想出个法子，笑着说道："大略不用这一条计，要怕事情发生变卦。"当时便将用的计告诉他们。

舜英道："这个怕没有用，请太太还需从长计较。"

香珠道："那东西的性格，我是知道的，他的行藏虽诡谲，但杀害人的手段是其所长，防备人杀害他的心思是其所短。"

众人方才点头。

香珠即将芸香、韵香两个丫鬟叫进来说："快送张君兄弟们出门去。"

不表芸香、韵香两个丫鬟送着星胆四人出门，再说薛天左那日从山西回来，走到香珠房中急道："乾坤镜终盗不到手，方继武还有个女儿方璇姑，大略就是琴姑的义姊，方光爕的妹子了。我这番在山西打探得很明白，只听你的话，又没有去寻这三个鸟男女，了结方家这本糊涂账。"

香珠笑道："你不要在我跟前撇清，那是我当时对你说的几句不经之谈，凡人固然要问一点儿天理良心，大丈夫恩怨也终须了了。这一本糊涂账，你不了结清楚，乾坤镜又没有盗到手，你将来怕性命上要发生危险。你死了叫我还依靠谁人？我不能禁止你不寻这三个男女了账，但是你杀了方继武，琴姑、光爕又在玉龙寺被人劫去了，总算藏匿得无影无迹，你就在这几日间，寻遍山西各府州县地方，也没处寻着。"

薛天左不由笑起来说道："你这一猜，倒猜到我的心坎里了。果然我此去山西，固然没处盗着乾坤镜，差不多这十日以来，踏遍山西，也寻不到这三个鸟男女，你真是生就的水晶心肝玻璃人儿。"

香珠道："在七日以前，来了山东省姓张的，是亲兄弟四个，他们同这韵香丫鬟认识，韵香在前面街镇上买胭脂，遇着他们，说我在这地方做了红莲教首领的大太太，那姓张的因为各练得一身本领，落拓无归，很愿意投入我们红莲教中，做一番惊天动地的事业，托韵香介绍来见我，对我认是乡亲。说也好笑，我哪里认识他们呢？但他们对我谈了半天，满口吹着空气，都说他们有了不得的本领。我只得叫他们在簿上签了名，等你回来，将他们叫进来，随你的意思，是否能传给他们的几套戏法。"

薛天左无可无不可地把名簿翻了翻，便叫韵香快出去，将那姓张的兄弟唤进来。

韵香去了半天，回来禀道："那姓张的兄弟，当日说的还恐怕他们这几天，因教主没有回来，又另投到别处去了。"

薛天左听了，也就不把这件事放在心上。直到第三日，忽然门上人持了个红帖前来。薛天左看那红帖上下写"门生张锡纯、张锡瑕、张锡书、张锡朋顿首拜"一行小字，便吩咐门上人，将这姓张的兄弟传进来。

欲知后事如何，且俟十八回书中再续。

第十八回

玩鸡蛋英雄显绝技
举炉鼎小侠运神功

话说薛天左看那红帖上写着"门生张锡纯、张锡
碬、张锡书、张锡朋顿首拜"一行小字，遂吩咐门上
人，将这姓张的兄弟传进来。

不多时，便有人唱报："张家兄弟来了！"

见面时都很恭顺，说明千里相投，决意要拜在薛
教主门下。

薛天左看这四个人风流俊伟，潇洒出尘，飘飘然
都有神仙之概，心里非常爱慕，口里却不肯一拢即
合，转向他们笑道："张君昆仲都是北方人，各有惊
人的武艺，要学功夫，怎么投到我这里呢？我的徒弟
没有个北方人，张君昆仲如何同他们混得来？"

那个化名张锡纯的柳星胆听了说道:"我们兄弟前来,殷勤求教,既不能邀得教主的欢心,我们请就此告辞。"

薛天左忙止着笑道:"也罢,既是张君昆仲瞧得起我,辛苦投到我门下,也很不容易,我就收你们做徒弟都使得。不过我门下的人,文有文的好,武也有武的好,文不能倚马千言,武不能力敌十人以上,殊不合入教的资格。我的太太曾说张君昆仲的本领了得,不知张君昆仲可能献出一点儿来,给我赏鉴赏鉴?"

说着,便向两边人字班的教徒说道:"快请你二师叔、三师叔、四师叔、五师叔前来,赏鉴张君昆仲的本领,也使他们开一开眼界。"

薛天左说这话的意思,是因自己是个斯文人出身,只苦习得红莲教的法术,对于"武艺"两字,算个外行。由他考中的教徒,都是些脑袋上顶着半个秀才,笔底下合作几句状子,不酸不咸的落魄书生,要拣选武术界及格的人,就非得请他师弟朱崆元、贺也五、贺也六、燕鹏四人衡定不可。其实他们这四个人的法术,极神秘亦极厉害,若说到"武艺"两字,不过敌得过江湖上那些不三不四的英雄好汉罢了,不过他们武术界朋友很不少，耳濡目习，却也能衡鉴四人功夫的深浅。

当时那两个教徒将朱崆元、贺也五、贺也六、燕鹏四人请到厅上。大家相见已毕，薛天左又吩咐两个女教徒叫芸香、韵香请太太出来，也好见识见识她乡亲的本领。一会儿，香珠、芸香、韵香也到厅上，厅上人分别男女，站在两边，没有不把个眼珠注视张锡纯昆仲四人身上。也有人似乎不相信这四个温柔俊雅的少年真能懂得一些武艺的。

星胆便问那化名张锡朋的舜英说道："在我们兄弟，算你最小，却要你先显出一点儿来，你自己要认真做去，不用给师父笑话。"

舜英就大厅上看了几眼，说："这厅上的地方太小了，不好显出我的本领，还是在厅外献丑吧。"

薛天左说："很好！"

舜英又说道："且慢，要在天井中显出我的本领，须用五百个鸡蛋，每隔一尺的地方，放一个鸡蛋，须把这地上一个一个的鸡蛋放好了，才是我显出本领的时候。"

薛天左即令人取来五百个鸡蛋，如数分放在地上，围成个圆圈。只是天井中间，有个三只脚的铁香炉，那香炉看有五尺来高，估来有一千斤的重量，在那香炉左近尺内的地方，没有放着鸡蛋。舜英走到厅外，一只脚站在个鸡蛋上，跟后那只脚接上来，也站在个鸡蛋上，一路走过去，看好两只脚都不离个鸡蛋，起先还是从容地走着，以后就一步快似一步，两脚不停留地在那里绕圈子，身体如游龙相似。看她两脚无论跑到什么地方，总不离个鸡蛋，走过一个圈子是这样，连走了十来个圈子，也是这样。圈子越走越小，那步法越走越快，越快越多变化，把这五百个鸡蛋，一个一个都踏遍了，没有一脚落空，也没有一步走错。

厅上薛天左和朱崆元、贺也五、贺也六、燕鹏及众人见了，都同声叫起好来。就在这声好叫出来的时候，舜英已一步从天井中间穿到厅上来，向薛天左唱了个喏。再看天井里五百个鸡蛋，仍然摆成许多圈圈儿，没有个被踏碎的，也没有个移动了摆列的方向。

朱崆元便向薛天左说："这张老四的武艺，可以在红莲教中坐一把椅子了。"

这句话才说出来，那个化名张锡书的方璇姑听了笑道："四弟这是提气的功夫，把周身的气力都运到上身，两腿、两脚都没有分毫气力，在这一圈一圈分列成围的五百个鸡蛋上溜跑，这算得什么稀罕？要显出我的本事，看我的两脚朝天，把身子倒过来，两个拳头当作两只脚跑，拳头是滑的，鸡蛋也是滑的，我用两拳当作两脚，在这五百个鸡蛋的围圈都跑过了，有一拳不着在鸡蛋上，有一个鸡蛋没有碰到我的拳头，有一个鸡蛋被我这拳头碰碎了，或碰得移动分毫，就算我没有本事。"

薛天左师兄弟及厅上男女众人听了，都笑起来说："好!"

燕鹏道："且住！张老三，你这把弓休拉满了。"

璇姑笑了笑，把身上的束带紧了紧，握起两个拳头，就在厅上使个鹞子钻天架势，钻出厅外，跟后换了个倒卷珠帘的身法，头向下，脚向上，两个拳头立在两个鸡蛋上，稳稳重重，那两个鸡蛋就同粘在两个拳头上似的，摇也不摇，又同生铁铸成的两个铁蛋，碰着她两个拳头上，恰又动也不动。璇姑两拳当作两脚，一路从一个一个的鸡蛋上走过去，看她两个拳头都不离个鸡蛋，起先也是从从容容的，以后一招也快似一招，两拳不停留地在一个一个鸡蛋上绕圈子，身子也像游龙一样迅快。看她两拳无论着在哪个鸡蛋上，总像行所无事的样子，兜过一个圈子是这样，连兜了十来个圈子，也是这样。圈子越兜越小，那两拳也越着越快，稳重时比泰山还稳重，轻捷时比飞鸟还轻捷，把这五百个鸡蛋一个一个都着过了，没有一拳落空，也没有一拳溜滑。

厅上薛天左师兄弟及男女人众都不由拍手叫好，如同半空响了一阵焦雷。就在这一阵叫好出来的时候，璇姑陡然命了个海燕回风式，一撇身，便穿到厅上，向薛天左也唱了个喏。

再看天井里那五百个鸡蛋，仍然摆成这许多圈圈儿，没有个被踏碎的，也没有个移动了方向。

朱崆元又向薛天左说："这张老三的武艺，可以算得我们红莲教里的大拇指了。"

这句话刚出口，那个化名张锡嘏的方光燮听了笑道："四弟这提气的功夫是顺提，能把周身的功夫运到脐腹以上，两腿、两脚没有分毫的气力，所以在这一圈一圈分列出行的五百个鸡蛋上溜跑，没踏碎一个鸡蛋。三弟这提气的功夫是倒提，转把周身的气力倒提到两腿、两脚上，两个拳头没有分毫的气力着在那些鸡蛋上面，穿来闪去，都算不得什么稀罕。若显出我的本事，要把这五百个鸡蛋一个一个靠起来，我把这五百个鸡蛋当作是条毡毯，在上面不住地打筋斗，做出种种的架势。我这种功夫，一不是顺提，二不是倒提，有一个鸡蛋被我碰碎了，或碰得略有些移动，也算我没有本事。"

薛天左师兄弟又说声好，早有人把五百个蛋一个靠一个罗列在距离那香炉五尺来远的地方，摆成毡毯的形样。

贺也六忽说道："张老二，你的筋斗落地，还是仅用两手落地呢？"

光燮道："打筋斗仅用两手落地，那是空心筋斗，一个筋斗打过去，是两手落地，再一个筋斗翻过来，要用两足落地。这种筋斗本不足为奇，可是在这许多鸡蛋上打起来，单用倒提的功夫固不可，单用顺提的功夫又不能，必须运气的功夫能在刹那间使四肢百骸之气倏散倏聚，倏实倏虚，这种功夫，才不易学成。若在这许多鸡蛋上，仅翻着空心筋斗，这仍是倒提的功夫，如何算得稀罕？"说着，也把束带紧了紧，就在厅上一路筋斗打出去。

众人留心看他这筋斗打出来时，只是两个指尖落地而翻转来，又是两个足尖落地。及至打到那许多鸡蛋上，那筋斗一个快似一个，从对面打出去，又从背面翻过来，不是两指尖着在鸡蛋上，就是两脚尖点在鸡蛋上。连打了百多次，越发迅快得什么似的，看的人都有些眼花缭乱起来，只觉他的身躯上下翻转，看他两指尖着在鸡蛋上，倏焉便是两脚尖点在鸡蛋上了。

厅上薛天左师兄弟及男女众人无不畅快，那阵喝彩的声音，真似排山倒岳一般。也在这一阵喝出来的时候，光鋆便停住筋斗不打了，却在那许多鸡蛋上面，又做出猿猴献果、金鸡独立、鸳鸯拐、连环腿种种名目，便是一个乌鸦展翅的身法，回到厅上，口不喘气，面不改容，也向薛天左唱了个肥喏。再看摆成毡毯模样的那五百个鸡蛋，没有个被碰碎的，也没个移动了方向。

薛天左便向朱峻元与众人说道："这张君锡瑕本领，要比锡朋君高强，单论起本领来，可以算他是我们红莲教的大拇指了。"

朱峻元道："我若没有学得祖师的法术，亲眼看见他的本领好到这样地步，不愿拜他为师，还要拜谁为师呢？"

他们正在赞扬的时候，那个化名方锡纯的柳星胆听了笑道："二弟这种运气的功夫，顺提倒提，都有几分火候了，只是只手空拳，身上没有什么有重量的东西，就在这鸡蛋上面，翻他千把个筋斗，这算是什么大不了？要显出我的本领，得再加上五百个鸡蛋，把这一千个鸡蛋，一个靠一个地都摆在香炉左边五寸的地方，我两脚站在鸡蛋上，做那霸王举鼎的种种架势，给师父看，才看出我的本领。"

薛天左说声好，又令左右采办五百个鸡蛋，把那一千个鸡蛋一个靠一个，也摆成毡毯式模样，靠在那铁香炉旁边。

贺也五笑道："要办这一千鸡蛋，好像大师兄太太生了孩子，要请大家吃鸡蛋了。"

天左也笑道："就是我太太要生孩子，也要等过十月以后，哪有这么快。"

几句话说得众人都笑起来了。香珠仍像行所无事的样子。

星胆将身子紧了紧，慢条斯理地走到鸡蛋上，用手把炉耳拨了拨，摇头说道："我要用运气的功夫，若用顺提，即使能举起这么重的香炉，两脚不着力，这香炉早已随身倒下来。若用平力，把这香炉举得舞起来，看这许多的鸡蛋，不是被我脚上的气力踹碎了，就是滚蛋，滚蛋，滚碎你娘十七八个蛋了。如果用把气力运下去，无论两腿、两脚着了力，这一千个鸡蛋不是踹碎，就要滚碎的，并且气力运下，两膀没有力，如何举得起这么重的香炉？"

厅上众人被他提醒，就很觉他的话说得在行，有些替他捏着一把汗。

星胆陡然变了脸色，说："诸位休笑我张锡纯空口说着这些白话，就在这鸡蛋上举起香炉来，不过全仗浑身又轻又活的一些气力，这算什么本领？看我提着这个香炉耳朵，把香炉举起来，当作兵器使用，这才好乐子呢！"

厅上众人格外凝神望去，果然星胆提着那个炉耳，炉的全身也应手而起。在鸡蛋周围地方，举着香炉，舞了许多的架势，就同在平地上舞着的一样，这是星胆当初吃了三峰道人换骨金丹以后，又经练过二年运气的功夫，才练得一身又稳又活这么大的神力。这种功夫，岂同小可！

厅上薛天左师兄弟及男女众人看了，那一阵一阵拍手声、喝彩声，真是雷轰电掣地响起来。这一阵一阵彩声喝过了，星胆仍依照旧迹，把香炉放在原处，安安闲闲到厅上来，也向薛天左唱了个大喏，再看香炉左边，摆列着一千个鸡蛋，一个个都放在原处，没有个被踏碎的，也没有个移动了方向。

朱崆元向他说道："哎呀！你们这功夫是在哪里学得来的？即如玉龙寺的一班和尚，只比你多会些罩功，身体比你们要来得迅快些。若论这运气的功夫，我痴长四十六岁，尚没有看见有及得上你们的。"

燕鹏接着笑道："说到提气的功夫，同张君昆仲一样巧妙的，我只听说过有一个，这人就是我们云南人氏，还是个红花女子。但我只听说有这一个女子，就没有亲眼看见这女子的功夫，也能巧妙到张君这样的地步。"

星胆正要问那女子姓甚名谁，住在云南哪一处地方，却被薛天左的话打断了（预为《红颜铁血记》中作第一步导火线）。

薛天左道："且不管那女子的功夫怎样，凭张君这样好的本领，就在祖师执掌教法的时候，若得张君，也不怕那山西方建侯了。张君昆仲的本领，要算我们红莲教里四根擎天玉柱，太太有这样好乡亲，在太太的颜面上，也添了不少的光彩。"

星胆道："这也不算是真本领，要看真本领，除非在对打对刺的时候，才看得出好的来。愚兄弟不妨再在师父面前献一回丑。"

薛天左点头道："这很是内行人说的话，显本领同显法术的一般，不在对杀对使的时候，就不易看出功夫好到怎样。要看功夫好到怎样，就非在对杀对刺的上看不为功。"

这时，早有人将厅上的鸡蛋收起，星胆向薛天左讨了四把单刀，便同光燮、璇姑、舜英四人转到厅外。星胆和光燮一对儿，舜英和璇姑一对儿，就在两边对杀起来。

欲知后事如何，且俟十九回书中再续。

第十九回

显法术教徒中计
放金镖穆女诛凶

话说柳星胆向薛天左讨了四把单刀，带着光燮、璇姑、舜英走出厅外，星胆和光燮组成一对儿，舜英和璇姑组成对儿，双方各立了个门户，光燮提刀来扑舜英，璇姑也挥刀来战星胆，就在厅外厮杀起来。

表面上各人都显出以性命相扑的样子，恶斗得很是厉害，然而他们的刀法却处处知道照顾回护。在明眼中人看来，就知他们这种对杀对刺，原是做友谊的比赛，谁也没有性命的危险。

在先对刺对杀时，尚辨出是四个人、四把刀，以后招法渐渐来得迅快，真个矫若游龙，捷如飞鸟。只见着东一闪、西一闪，飞掷腾拿的白光发起一团桶口大的花，哪里还分出什么刀、人呢？

厅上薛天左师兄弟及男女众人看他们杀得出神，铿铿锵锵的刀声击得作响，都不由脱口叫妙。

薛天左便喝一声稍歇道："我们师兄弟已看出你们的刀法，不要再杀下去了。"

薛天左喝了这一声，他们即同时各抽回了大刀，再看仍是四个人、四把刀，各回到厅上，向薛天左都唱了个喏。

贺也六便对薛天左道："他们这四位的刀法，要算出神入化，在我们红莲教中，自然算他们的刀法最高强了。我听得河南嵩山大刀李柏，也能使出一手好的刀法。现在李柏已死，听说他有个儿子，也学得李柏的刀法，究竟李柏的儿子和他们的刀法比试起来，谁显得功夫的深浅？可惜我是耳闻李柏儿子的刀法，没有亲眼看见他试到怎样好的刀法来，就不能妄加褒贬（预为《红颜铁血记》书中作第二步导火线）。"

燕鹏便接着贺也六的话说道："四师兄曾说嵩山李柏那个儿子，我也在河南听见过的，不过没有看他显得怎样好的刀法。

"我因到河南燕须山访个朋友，在那边很耽搁了两天。那地方有个花家村，村上有六条好汉，联成党

216

羽，在那里称兄道弟，背地里都做些杀人放火的勾当。燕须山一带的人家，没有个提着那六个强徒不是心惊梦怕。

"这李柏的儿子李鼎，曾在花家村卖弄了一次本领，很将那些强徒惩戒了一番。那些强徒要想邀他在花家村开立场子，教授他们的武艺，李鼎曾向他们说：'大家以后不在地方上为非作歹，我可以同你们亲近亲近。'

"大家听了，答应不迭，并且对天发誓，从此改过向善。李鼎遂真个在花家村盘桓盘桓，闲时亲自指点他们的武艺。

"哪知过了几时，那些强徒违背他的教训，在外县地方做了两次盗案。李鼎气恼他们仍旧不安本分，他有本事，把这六个强徒一个一个捆起来，邀集地方上人，公同议决。直议了两天，便将花家村六个强徒活埋处死。

"事毕以后，李鼎也就回嵩山去。可惜我迟到燕须山半月，没有看见李鼎是个甚模样儿，也没到嵩山去访他。就怕他虽有这样好的本领，却是个直肠子人，未必肯投入我们红莲教中，便访他也没有用处（预为《红颜铁血记》中作第三步导火线）。"

方光燮当听得嵩山李柏儿子李鼎的话来，暗想：李仁伯是我父亲同道的朋友，江湖上有李大刀、方神剑，方、李相提并论。记得五年以前，李仁伯曾带他儿子李鼎到我家中来，替我父亲拜寿。那时李鼎才十七岁，不但品貌绝尘，并且武艺迈众，诚为浊世的佳公子。我比李鼎长两岁，曾同他刀边话契，酒后谈心，彼此的性格也还合拢得来。如今事隔五年，李仁伯已仙游了，我父亲又死在仇人之手，我在这地方恰又不知李鼎的近况怎样，想起五年前的情愫，这光景就同在眼前的模样。

方光燮正在这里想着，却见薛天左向星胆笑道："你们的本领真够，难得你们投到我这里，如平白地给我添了羽翼一般，我就老实不客气，忝叫你们几声徒弟了。"

星胆、光燮、璇姑、舜英四人听了，忽然都现出为难的神气，像似有什么话要说出来，又不肯便说出来的样子。

香珠早已识窍，便近前向薛天左笑道："我这几个敝乡亲都有这点儿能耐，虽羡红莲教的五位首领法术高强，要投入红莲教中学习法术，也该认个仔细，断没有听得某教某首领法术高强，并没有亲眼看见你们的法术好到怎样，就认真便拜你们为师的道理。"

薛天左听了香珠的话，自诩懂得他们四人的用意，是没有看见自己的法术是否值得做他们的师父，随即点头笑道："要我使出法术，一个人使起来，是不容易看法术的功夫深浅，叫我怎么办呢？"

香珠道："就不若你们师兄弟五人各使出法术来，做友谊的比赛，叫敝乡亲看你们红莲教的法术一个胜似一个，更显而易见了。并且你也使过法术给我看，但我也不知你们师兄弟五人的法术全有你这样的程度，我也想求你们各显点儿法术，给我见识见识。"

薛天左听了，沉吟道："我们师兄弟五人的法术原没有上下，要拿它做友谊的比赛，偶然逢场作戏，没有什么不可，但一时叫我们显出什么呢？"

朱崆元道："有有！我们师兄弟五人，按着五行生绝的法理，显出些给他们瞧瞧也好。"

贺也五、贺也六不约而同地说道："这样的比赛，第一个我先赞成。"

燕鹏道："我们师兄弟五人，论次第是大师兄居长，那就请他先来一个吧！"

薛天左应了一声是，叫人把厅外的香炉移到别处放着，师兄弟五人齐到厅外，按着东、南、西、北、中央五方立着，厅上共有四五十人，都一字形分排在廊檐下。星胆、光燮、舜英、璇姑四人各分立在廊檐下。

薛天左站在天井中间，向燕鹏笑道："你站在北方壬癸水部分上，我站在中央，看我用着戊巳土的法，破你这壬癸水法。"

燕鹏只是点头道："好！"

说时迟，那时快，薛天左口里不知念些什么，用手在鼻准上一拍，即见两道金龙也似的虹光从两鼻孔里射出，直向燕鹏扑来。燕鹏尚未还手，接着便见站在东方甲乙部位上的朱崞元竖起左手，不托一声，一个掌心雷从左手心打出来，接着即见一团青气将金光逼住了。就在这时候，又听站在西方部位上的贺也六口里念念有词，喝一声："疾！"这"疾"字才出口，猛听得呼啦啦风声作响，一道白光从贺也六耳中射出去，将那青光逼住了。

说也奇怪，在白光逼着青光的时候，青光好像仇人遇见冤家；那金光见了白光，也好像被困的军旅遇到一支救兵。金光和青、白二光都在空中游斗，那青光反有些支持不来了，无论没有克制金光的能力，反被这道白光逼得什么似的。

站在南方部位上的贺也五见了，伸手抹着头上的发，便有大大小小的火球从他顶发上滚出来，直向那一道白光滚去。说出奇怪，那白光碰到火球，好像被烫得难受似的，在半空招摇无定，那青光便自鸣得意起来，又紧逼着金光，不肯放松一些。谁知那许多大大小小火球，平敌住了白光，却有一半将金光护住了，使青光不能伤坏金光的分毫，只是白光被火球烫得难受，在空中上下回护。

正在开不了交的时候，站在壬癸部上的燕鹏见了，口里也念念有词，喝一声："敕！"张口便喷出一道黑云来，直上天空。便见有密麻似的雨珠，只向那火球回旋的地方落下，雨珠溅在火球上哧哧作响，那火球并没有现出畏葸退缩的样子。

忽然那青光、火球、金光、白光、黑云都不见了，只见两道光芒十字形照在那里，霎时风停雨歇，现出一个太阳来，接着便听薛天左、朱崆元、贺也五、贺也六、燕鹏的声音同时都像杀猪似的怪叫。五人都站立原定方向，都是手不能动、足不能行，如同受了定身法的模样，身上都笼罩水链也似的光芒。

原来是柳星胆、方光燮、璇姑、舜英四人曾同香珠商量，这乾坤镜和雌雄剑的妙用，就是破袭这类的邪法，除去破袭这类邪法，遇到不谙习邪法的人，或谙习邪法的人没有使出什么邪法来，虽有乾坤镜、雌雄剑，也不能奈何他们的分毫，必须在他们使出邪法的时候，才显得乾坤镜、雌雄剑的妙用。

薛天左师兄弟没有使出邪法的时候，虽谙习这类红莲教的邪法，还不是同寻常人一样？这乾坤镜、雌雄剑两件东西，就譬若两道符箓，这两道符箓本可以破灭邪法的，没有人显出邪法来，这两道符箓还不是等于废纸无用吗？所以星胆四人同香珠商量到这一层，要替方老英雄报复大仇，论私仇自然是薛天左了，再进一步说，凡在红莲教中的首领，皆算方家不共戴天的仇人。若尽叫锄杀了薛天左，在光燮、璇姑，总算报雪杀父之仇了，但薛天左四个师弟不除，岂偿方家仇视红莲教的志愿？并且留下薛天左师弟四人，红莲教的火焰终无从得以扑灭，且为将来一大巨患。要锄杀薛天左，扑灭红莲教，就非得一网将他们红莲教里五个龙头打尽了，使红莲教真能伤害人的邪法失传，那些人字班的教徒没有什么可怕的法术，这荼毒人群的红莲教终不难土崩瓦解。要将他们红莲教五个龙头一网打尽了，就非得骗诱他们同时各显出法术来，用这阴阳镜、雌雄剑去破袭他们不为功。要在薛天左回来的时候，对他们积极进行，反使他们心疑有了防备，不若缓图个计较，延挨几日工夫，不即不离，骗诱他们自愿上这圈套，较为稳当。

这是香珠同星胆、光燮、璇姑、舜英四人较量着手的妙计，星胆、光燮、璇姑、舜英既见了薛天左，在薛天左师兄弟五人，要他们四人各献出自己功夫来，这是他们红莲教收徒弟的规矩，献出他们四人的功夫，就显得出红莲教的首领不肯收没有本领的徒弟。

星胆、光燮、璇姑、舜英四人拿话逗着薛天左师兄弟五人同时各显出法术来。在薛天左师兄弟的意思，以为他们四人的路数，要我们师兄弟同时玩出些法术来，做友谊的比赛，也显得他们四个有本领人，不肯投入没有惊人法术的红莲教中做弟子的。薛天左师兄弟五人还抱着这两种的意思，岂知这一来，已中了人家的巧计了。

星胆、光燮、璇姑、舜英四人已步步得手，看他们师兄弟五人在那里各使出法术比赛，都知道这是报仇的时候了。这边星胆早取出一面乾镜，璇姑取出一面坤镜，各举手向厅中照着。那边光燮早祭雌剑，舜英祭起雄剑，各转身几步，也举手向厅中照着。这边乾镜和坤镜的光分而复合，那边雌剑和雄剑的光也涣而复萃，两道光芒十字形向庭中射去。恰好薛天左、朱崆元、贺也五、贺也六、燕鹏五人被这十字形的两道光芒笼罩着，不约而同地都倒抽了一口冷气，各人看各人使出来的法术都已销形灭迹，身体都被这十字形的光芒笼罩得一些也不能动弹了，他们都不由哎呀一声怪叫。再想使出别的法术来，岂知他们不想使出别的法术倒也罢了，才转到这样念头，同时都打了个寒噤，不但没有施展法术的份儿，各人都不禁索索抖个不住，两腿都像摇铃似的，身体也是软绵绵的，好像一些筋骨也没有了。

厅上的男女教徒见这情状，各人看过那姓张的兄弟四人本领，很不平常，并有这样的能耐，居然破坏教中五位首领的法术，将五位首领弄到这样地步，那些人触动城中失火殃及池鱼的观念，明来怕是不中用，相顾错愕了一会儿，也就各自避开一边。厅上除了香珠、芸香、韵香三人在那里观望，还有个男教徒，年纪只在二十以内，温文尔雅，风度翩翩，像似斯文人的样子。

那男教徒当向星胆、璇姑、光燮、舜英四人叫道："玉兰久有此志，不屑舍身投入红莲教中，想学

224

成他们的法术，好为世界上除了这五个害群之马，给未曾受害的人除害，给已经受害的人报仇。无如玉兰的入教日子太浅，没有学成怎样厉害的法术，终不能处置红莲教中这五个东西的死命。难得众位前来，破坏他五人的法术，玉兰愿给众位出力。"

说到其间，玉兰便掏出两支火眼金钱镖来，才喝一声："着!"这支镖由正北向正南穿去，穿过燕鹏的颈项，还能穿过薛天左的肋胁，由薛天左肋旁边穿过去，那支镖穿贯了贺也五的胸腹，这一镖打出去，恰好打了三个血洞。

跟后又听得喝声："着!"原来玉兰已穿到东廊下，第二支镖打出手，是由正东向西打着，那支镖穿过朱崆元的面部。由朱崆元面部穿出去，却又穿过贺也六的面部，余劲犹雄，不料西墙壁钻了个窟窿，把星胆、光爨、璇姑、舜英四人都看得惊诧起来。

星胆心想，玉兰不是女子的小名吗？化装投入红莲教中，想乘间剪除妖类，总算我们的同志了。听她的口音，也是云南人氏，并非男子的腔调，莫不是在燕鹏口中所说的那个云南女子吗（预为《红颜铁血记》中作第四步导火线）？

欲知后事如何，且俟二十回再续。

225

第二十回

小侠快歼仇剑飞血溅
英雄难报德玉殒香埋

　　话说柳星胆边想边看薛天左、朱崐元及贺家兄弟燕鹏这五个教领，每人被金钱镖打了个血洞。约停过片刻工夫，才听得哎哟了数声，五个人都是两手一张，向后便倒。

　　原来金钱镖这样武器，同现今的枪弹一般厉害。仓促间把枪弹打在人身上，那人若没有知道，不觉得中了弹，约停了片刻，才发觉苦恼。用金钱镖打人，若在仓促间一镖打到身上，那人若没有防备，不觉得中了镖，也要停一会儿工夫，才会发觉苦恼。

　　当时朱崐元、燕鹏及贺家兄弟都被火眼金钱镖打中了要害，倒地叫了两声，也就押到阎罗殿前去了。

只有薛天左伤中肋胁旁边，并不曾死，肋胁下映出鲜血来，两只眼珠睁得圆鼓鼓的，脸上登时变了红色，咬定牙齿，好像痛得难受似的。

星胆、璇姑便收了乾坤镜，光燮、舜英也收了雌雄剑。

这时无暇转问那女子是云南哪里的人，几时投入红莲教中，是否为燕鹏所说闻名未曾会面的那个女子，便一齐走到薛天左面前，看薛天左还不曾死，光燮哭道："我父亲阴灵不泯，今日孩儿要替父亲报仇了。"

旋说旋将薛天左的两脚倒提在手里，两手一分开，薛天左的身体也就立刻被他撕成两半。大家都流着泪向北拜了数拜，璇姑更是泪下如雨，遂将薛天左尸体用秋月剑剁得稀烂。

忽然星胆叫声："奇怪！"原来香珠、芸香、韵香都没有了。正要问及玉兰，并不见到玉兰的去向，大家疑惑万分。

这当儿，忽见芸香、韵香两个丫鬟从里面走出来，泪流满面地向星胆哭道："太太已投井死了！"

星胆、璇姑急道："怎么，太太如何投井死了呢？"

韵香道："方才太太看你们将五位教领制服下来，便把我们拉到里面去，我们疑惑太太想从里面收拾些金珠细软，等爷爷们将这五个教领锄杀了，随从柳爷远走高飞，再度她的甜蜜岁月。岂知太太走到那口井边，忽向我们说道：'柳郎当初不以我微贱见轻，许我做他的姨太太，事前已不可追悔，事后总该替他保全这身躯，不再去嫁人了。谁知这薛天左真是我命中的魔鬼，我为要设计保全璇姑娘兄妹的性命，才肯把这身躯又给薛天左玷辱了。像我这样沉沦苦海的女人家，在先已被薛家坡薛秀才糟蹋了我的贞操，如今又吃薛天左糟蹋了一场，我是已经破身失节的女子，原说不到自己的贞操，但我已心嫁柳爷，这身躯已不是我有的了。他们的性命，这次虽不由我保全，但他们锄灭红莲教的教领，给方老英雄报复大仇，这功绩也算大半成全在我手里。纵我成全了他们的志愿，而追悔第二次失身的隐瞒，终觉无颜侍奉柳爷的枕席。天幸他们的大功将要告成，我去这地方一步，没有死所。我死以后，要借你们的口，传话到柳爷耳中去，请他不用为我这薄命人烦恼。我但愿这尸体化成血、化成水，点点不落尘埃，来生仍好还我一个女孩儿清白身体。待他百年以后，有缘和他再见吧！'我们因

228

太太说出这样寻死的话，正待向前苦劝，谁知太太一闪身，已跳入井中死了，叫我们心里如同刀子刺着的一样。"

　　星胆、璇姑听完这话，又不禁流下泪来，便是光燮、舜英听了，觉得香珠死了也太可惜。但在星胆的意思，以为自己心里虽不承认她真个做我的姨太太，然她在我们身上竭力成全我们报复大仇，此恩此德，总该衔感不忘。我不承认她真个做我的姨太太，怕污蔑我的人格，增重我的罪过，总想拜她做我们的义姊，将来她若不肯再去嫁人，这是我柳星胆所最当钦佩的。如果她还想嫁人，我们也不好劝止她，还得替她寻择个相当的夫婿，叫她做个大太太，常此也同我们守望相顾，疾病相关。谁知她真个要寻这条死路，这总算她的糊涂主意，叫我听了她的话，怎不烦恼？星胆如此一想，更禁不住辛酸泪落。

　　璇姑在旁急道："柳世兄不用烦恼，我问芸香、韵香二位姐姐，香珠太太投井多时了？"

　　芸香哭道："没有多时。"

　　星胆被璇姑提醒了，便同光燮、璇姑、舜英、芸香、韵香五人走到后进，果然那里屋隅有眼水井。星胆向那井栏望了望，可以从井栏跳下去，要在井底下抱着人纵上来，非得把井栏搬开不可。星胆搬开井栏，向下跳去，好大一会儿工夫，没有见星胆纵得上来。大家相顾错愕，以为星胆运气腾身的功夫，抱着香珠从井底纵得上来，不算得什么稀罕，怎的这会儿还不见他上来呢？

又等了一会儿工夫，才听得哧的一响，众人以为星胆抱着香珠上来了。谁知还是星胆单身纵出，腿膝以下俱淋漓得像落汤鸡子一般。

众人急问道："敢是井中人已经咽气了吗？"

星胆流泪道："可怜已死去了，口鼻间俱没有一丝游气，伸手摸在她的胸膛上，更不觉有些跳动。我在井中凄怆了多时，要想把她的尸体抱出来，但她生时的意思，但愿她这尸体点点不落尘埃，来生仍好还她一个女孩儿清白身体。我只得忍一忍心肠，随从她的志愿。后来摸到她的额角已经破裂，谅她投入井中，井水尚浅，额角碰到井底上，所以才死得这么快。看她心性太偏激了，这次我又没有片语安慰她的心灵，使我蒙着薄幸之名，井水一泉，竟为掩骨埋香之所。照这情形想起来，毕竟是香珠误我，我误香珠，真同拿着把刀子剜碎我的心肝模样。"

璇姑也甚感悼，芸香、韵香哭得像泪人儿一样，光燮、舜英跟着也流了几点眼泪。忽听得呼啦啦一阵风响，风声过处，接着便见有好几只白额猛虎从外面跳进来，舞爪张牙，像似要来吃人的样子。

星胆大叫道："大家不用畏怕，这是红莲教人字班的教徒变的戏法，这种猛虎，是能吓人不会吃人的。"

旋叫旋取出一面乾镜，璇姑也取出一面坤镜，光燮、舜英的八宝雌雄剑还未掣出，谁知那几只猛虎已去得无影无形了。

星胆便叫芸香、韵香从香珠房里收拾些金银细软，又向她们说道："我们可以带你回去，你们有这点儿东西，凭你们的眼力，就是将来嫁个田舍郎，你们的幸福也就不小，你们可愿意吗？"

芸香、韵香都哭道："太太已死，我们愿从柳爷、方小姐终身，无面回家乡去了。"

星胆道："这个我不收你们的缘故，你们总该原谅我。我对你们的意思不错，送你们回山东去。"

芸香、韵香看星胆的神气非常坚决，也就没话说，到香珠房里去。好半会儿没见她们出来，璇姑便到那房里去看她们怎么收拾到这些时候，星胆、光燮就在庭院中谈说香珠的事。

忽见璇姑从香珠房里走出来，舜英跟在后面，手里拿着一封信，向星胆扬着。星胆接信在手，看那信封上写着"张君锡纯亲拆"六字，且慢拆开，便向璇姑、舜英问道："芸香、韵香两个，如何还不出来呢？"

　　璇姑道："谁在香珠房里看见这两个丫鬟了？"

　　舜英道："在香珠房里，只看见这封信放在梳妆台上，兄长可先拆开看个仔细。"

　　星胆将信将疑拆开信封，只见上面写道：

　　　　玉兰本为滇产，疾教如仇，此事此心，有如明镜。深幸君家昆仲得以歼除巨恶，玉兰何敢侥天之功，以为己有？本当相助君等一臂之力，将入教的教徒一概歼除，但玉兰既曾佯入教宗，深知那些教徒大都着迷未悟，非全无心肝者可比。要求君等格外宽恩，但能办到使红莲教宗真法失传，其余教徒，一概不必深究。以后玉兰当力戒伊等改邪归正，如再有在地方上招摇惑众，胆敢仍对君等肆无忌惮，玉兰决定办到人赃两获。

　　　　芸香、韵香两婢女，且由玉兰带去，奉侍

232

吾母晨夕，请勿为念。

来日方长，有缘再见。

此上张君锡纯鉴核。

穆玉兰敛衽

星胆看罢，又给光燮、璇姑、舜英看了一遍道："我们因想到玉兰是位翩若惊鸿的女侠，得此一信，不独玉兰行径已明，便是芸香、韵香两丫鬟也算有了着落。我们此来，只愿给方仁伯报复大仇，不使红莲教的火焰荼毒人类，谅玉兰非轻诺寡信可比。玉兰既有此能力，使彼等改邪归正，我们原不用多杀无辜，妄结怨毒。"

大家就此出来，忽然迎面来了一人，星胆四人看那人的面貌很熟，是红莲教里的教徒。那人一见星胆等四人前来，便把脚跟立住了。

星胆忙叫着那人问道："你认得穆玉兰吗？"

那人听说"穆玉兰"三字，才从容说道："小人是穆小姐家仆，同小姐一起入教的。"

星胆问道："你知道穆小姐住在云南什么地方呢？"

那人道："穆小姐不准小人说，便打死小人，也不敢说的。"

星胆又问道:"你们人字班的教徒,齐到哪里去了?方才我们在里面看见的猛虎,这是谁人变的戏法?你是穆小姐的家仆,怎么穆小姐放出火眼金钱镖时,我没有看见你在厅上呢?"

那人道:"穆小姐看人字班的教徒都溜之乎也,便吩咐小人去警告他们,说众位爷爷的法术都很厉害,不要在暗中捣乱众位爷爷,那些人如何信得小人的话。跟后穆小姐出来,看他们都使着隐身法,聚集在前面地方,穆小姐曾对他们劝告了好大一会儿。

"内中有一个教徒,心里不受穆小姐的教训,在暗中变作戏法。穆小姐听得风声紧急,方才察觉了,问他为什么胆敢违背教训,用纸虎去捣乱一阵。他回说,自家的戏法已破,并没有吓坏众位爷爷。

"穆小姐掏出一支金钱镖放在手里,对他说道:'下次你们敢违背我的教训,这东西就是你们的模样。'旋说旋将金钱镖在掌心搓了几搓,恰搓成个小小的铁饼。

"那些人都相视无言,因为当初看穆小姐是个男子,现在穆小姐曾对他们说出姓名来,便是在先燕教领也曾知道穆小姐的大名,曾当着爷爷们面前说过这样话，就不认识小姐的真面目，小姐也没有在那五位教领面前显过怎样好的本领，可是那时穆小姐虽说出自己的来历，他们还有几个不相信？看穆小姐又显出这样的本领，他们变的戏法，无论什么隐身法、献身法、撒豆成兵、剪纸人、嘘气为风、刻木为虎，这一类变的戏法，都欺瞒不了穆小姐的耳目，哪一个不栗栗危惧，愿受穆小姐的指挥？所以小姐对他们说明条件：'只许你们将来在江湖变戏法，营生活口，不许招摇不法，恫吓人群，并讲明邪教害人的历史，'邪'字终不敌一个'正'字。五位教领的结局收场，就是你们现在的榜样。'那些人才恍然大悟。

"穆小姐即转替他们到里面，写信向众位爷爷求情，顺用隐身法，将芸香、韵香姐姐带出，托两个最相信得过的女教徒，送到那地方去，侍奉太夫人的茶水，吩咐众教徒解散了。

"穆小姐到官府有事去，叫小人前来，等候爷爷们出来，给她详细说出这几句话。及至见众位爷爷的面，心里却有些害怕，待要想回避，又不敢违拗小姐的命令。小人的话已说完了，就请从此告别。"

说到这里，忽然不见他的踪迹所在。

星胆回向光燮、璇姑、舜英三人说道："大家都

235

听见了吗，看见了吗？大家要明白法术本无邪正，用得邪便为邪法，用得正便为正法。凭穆玉兰这种女中豪杰，若由她主持红莲教，这红莲教亦何至荼毒人群，并可为地方上造下无穷的福。"

口里虽这样说，但他们还疑穆玉兰的话万一尚有疏虞，难成事实，在金马山地方，暗中探访了多时，不但那些教徒真个改邪归正，读书的读书，卖艺的卖艺，简直云南偌大一省地方，多是夜不闭户、道不拾遗，官府和人民都称扬穆玉兰及张家兄弟的功绩。

星胆四人也曾留心探听穆玉兰的地址，总没有个知道，便有时遇到卖艺的教徒，仔细问讯他们，他们都说由穆小姐吩咐过了，不敢多说。

星胆等四人又向他们道："你们怎的怕她到这样地步？"

那些人又说道："我们不但怕她，并且感激她的恩典，我们各人有什么困难，要去求助她，她都有法子替我们解决。我们既是醒过的人，细想从来用邪术害人，没有不失脚，得到个好结果的，我们寒时有衣穿，饥时有饭吃。现在全国的人由穆小姐到官府方面从事宣传，说红莲教的法术是能吓人不能伤人的，我们的法术已被她揭穿了。即有一二没有被穆小姐提醒的人，也不敢做这违法害人的事了。"

星胆、璇姑、光燮、舜英四人听了那些人的话，益觉穆玉兰的为人不可及，来日方长，未必和玉兰没有相见的机会，大家就此回到绵山复命了。

这些事迹，虽属近于迷信之谈，但故老遗传，多言江湖上玩把戏的变出来的戏法，殊属眩人耳目、骇人听闻。什么平地栽瓜，什么井水钓鱼，若非亲眼所见，几不相信天地间真有此等奇事，都是当年流传下来的一种类似红莲教的法术，世世相传，递降而下，若较当年红莲教人变的戏法，已算一代不如一代了。

图书在版编目（CIP）数据

小侠诛仇记／何一峰著. -- 北京：中国文史出版
社，2025.3
（何一峰武侠小说）
ISBN 978-7-5205-3881-7

Ⅰ.①小… Ⅱ.①何… Ⅲ.①侠义小说-中国-现代
Ⅳ.①I246.5

中国版本图书馆 CIP 数据核字（2022）第 199687 号

责任编辑：牟国煜

出版发行 **中国文史出版社**
社　　址：北京市海淀区西八里庄路 69 号院　邮编：100142
电　　话：010-81136606　81136602　81136603（发行部）
传　　真：010-81136655
印　　装：廊坊市海涛印刷有限公司
经　　销：全国新华书店
开　　本：880×1230　1/32
印　　张：7.75　　　字数：119 千字
版　　次：2025 年 3 月第 1 版
印　　次：2025 年 3 月第 1 次印刷
定　　价：58.00 元